ソード・オブ・スタリオン

2

種馬と呼ばれた最強騎士、
隣国の王女を寝取れと命じられる

三雲岳斗
illustration——マニャ子

デザイン † 木村デザイン・ラボ

ソード・オブ・スタリオン

種馬と呼ばれた最強騎士、隣国の王女を寝取れと命じられる

2

三雲岳斗

Illustration——マニャ子

Swords of Stallion

序章　Prologue

ごめんなさい、と呟《つぶや》く少女の声が、人々の悲鳴にかき消される。

街が、燃えていた。


シャルギア王国の王都バーラマ。大陸有数の歴史を誇り、水の都と称される美しい街だ。

その壮麗な白亜の都市が、今は無惨《むざん》に焼け落ちようとしている。

華やかだった街並みは、すでに灰色の瓦礫《がれき》へと変わった。

街を縦横に流れる運河は、炎から逃れるために飛びこんだ人々の死骸で埋め尽くされていた。

紅蓮《ぐれん》の炎《ほのお》が空を赤く染め、噎《む》せるような死臭が大気を満たす。

その炎の中を行き交うのは、死を具現化したような巨大な影だ。

狩竜兵装《シャスール・ダシエ》――

美しくも悍《おぞ》ましい人型兵器の群れが、戦場となった王都を蹂躙《じゅうりん》していく。

彼女はその凄惨な景色を、半壊した王宮の窓から見下ろしていた。

鋼鉄の塊同士が激突して、轟音《ごうおん》と衝撃を撒《ま》き散《ち》らす。

重武装の狩竜機《シャスール》たちが戦っているのだ。

王都を襲った狩竜機《シャスール》の数は、優に百機を超えているだろう。

彼らが巨大な剣や槍《やり》を振るうたび、罪もない多くの人々の命が消えていく。

撃ち放たれた煉術《れんじゅつ》の炎が、彼女の愛した街を灰燼《かいじん》へと変えていく。

涙の涸《か》れ果《は》てた虚《うつ》ろな瞳で、彼女はそれを見つめている。

どれだけ悲惨な光景であろうとも、最後まで目を逸《そ》らさない。彼女にはその資格がないからだ。

なぜなら、これは彼女の罪。彼女こそが、この戦乱を引き起こした元凶なのだから。

「ごめんなさい……ごめんなさい……」

狩竜機《シャスール》の巻き起こす暴風が、少女の輝くような金髪を揺らした。

彼女のすぐ傍《そば》を駆け抜けていった漆黒の機体が、侵略者たちの狩竜機《シャスール》をすれ違いざまに斬り伏せる。金属の裂ける異音とともに鋼鉄の巨人がゆっくりと倒れ、大量の潤滑液が鮮血のように飛び散った。

勝利した漆黒の狩竜機《シャスール》も無傷ではない。

戦い続けた機体は激しく消耗し、今なお動いていられるのが不思議なほどだ。

すでに煉核《コア》のいくつかは機能を停止し、武装のほとんどを失った。

それでも漆黒の狩竜機《シャスール》を駆る煉騎士《れんきし》は、戦いをやめない。

守るべき仲間や友人を――そして最愛の皇女を失った彼には、戦いを投げ出すという選択肢は残されていないのだ。

数万、あるいは数十万の兵士の命を奪った彼の名は、今や人々の恐怖と憎悪《ぞうお》の象徴となっている。人間同士の戦いをあれほど厭《いと》っていた青年に、彼女はそんな重荷を背負わせたのだ。

「ごめんなさい……ラス……赦《ゆる》して……」

自分が赦《ゆる》されることなどあり得ない。それを知りながら、彼女は身勝手な願いを口にする。

この次は。次こそは決して間違えないから――と。


燃え盛る炎に包まれて、王宮が崩れ落ちていく。

崩壊するバルコニーから地上へと投げ出される直前、彼女が最後に目にしたものは、緋色《ひいろ》の輝きに包まれながら戦場へと向かう漆黒の狩竜機《シャスール》だった。

◇◇◇◇

滂沱《ぼうだ》の涙とともに、彼女は目覚めた。

ティシナ・ルーメディエン・シャルギアーナ。シャルギア王国の第四王女。

それが彼女の名前と肩書きだ。


「――姫様、お目覚めになられましたか」


放心したようにベッドの天蓋を見つめるティシナに、部屋付の侍女が声をかけてくる。

ティシナよりもやや年上で、眼鏡をかけた黒髪の侍女だった。

四番目の王女であるティシナに与えられた離宮の寝室は、さして広くもなく豪華でもない。

それでも設《しつら》えられたベッドや寝具は品良く優美にまとめられており、歴史ある離宮の建物によく似合っている。芸術の街、王都《バーラマ》を治めるシャルギア王家の面目躍如といったところだろう。

「おはよう、エマ・レオニー……夢を見ました」

柔らかなベッドの上で上体を起こして、ティシナは侍女に笑いかける。

「だいぶうなされていたようですが」

「気にしないで。たいしたことではありません。昔のことを、少し思い出していただけ。いつものことよ」

「然様《さよう》でしたか」

侍女のエマ・レオニーは、表情を変えずに慇懃《いんぎん》にうなずいた。

それほど長いつき合いではないが、この素っ気ない侍女のことを、ティシナはわりと気に入っていた。悪役王女と呼ばれるティシナの素顔を知りながら、態度を変えないところがいい。彼女と共にいられる時間が、それほど長く残されていないのが残念だ。

「なにか変わったことはありましたか？」

慣れた口調で、ティシナが訊《き》く。

見るからに無愛想なエマ・レオニーだが、彼女は意外に耳が早い。この離宮内だけでなく、王城の噂話《うわさばなし》にも精通しており、ティシナはずいぶん助けられている。

「アリオール殿下が、訪問の予定を繰り上げたそうです」

「……アリオール……アルギル皇国の皇太子殿下？」

「はい。到着は来週の予定でしたが、四日後には王都《バーラマ》に入られるそうです。もてなしは不要と仰《おっしゃ》られているようですが」

「そういうわけにもいきませんね。ラスを追い返したのは少しやり過ぎだったかしら」

皇国の筆頭皇宮騎士《ガード・オブ・シルバー》の名前を、ティシナはどこか親しげに呼んだ。

侍女の瞳に、ほんの少し警戒したような光が宿る。

ティシナは、そんなエマ・レオニーを見上げて微笑《ほほえ》みながら首を振った。

「心配しないで。今さら心変わりをするつもりはありません。こちらの計画はなにも変わらない。私は、今度こそ間違えるわけにはいかないのだから——」

そう言って王女は、離宮の窓の外へと目を向ける。

湖の畔《ほとり》に広がる白亜の都市。王都の街並みは、今日も華やかで美しい。

この街が、間もなく戦火に包まれるといっても信じる者はいないだろう。そう、今はまだ。

「せいぜい役に立ってくださいね、フィアールカ……」

ティシナが、おそらく無意識にぼそりと呟《つぶや》いた。

死んだはずの隣国の皇女の名前を口にするティシナを、侍女は無表情のまま見つめていた。

Sword of Stallion

第一章　種馬騎士、皇太子の元婚約者と再会する

1

　シャルギア王国から帰還したラスは、ヴィルドジャルタを半ば無理やりイザイに預けると、そのままフィアールカのいる皇宮へと向かった。

　ティシナ王女の暗殺阻止は、大っぴらにできない極秘任務だ。

　当然、ラスがシャルギアを訪れていたことも、ごく一部の人間にしか知られていない。

　にもかかわらず、皇宮内に入った瞬間、ラスは奇妙な空気を感じた。

　脅威を感じるほどの、はっきりとした敵意ではない。

　しかし、皇宮で働く人々のラスを見る視線がどこか冷ややかだ。

　男性からの視線には露骨な嫉妬と恨みが、そして女性からの視線には軽蔑と隠しきれない好奇心が宿っている。ラスにとっては、どれも馴染《なじ》み深い感情だ。

今さらその程度で困惑することはないが、なぜ今になって突然そんな目で見られることになったのかは少し気になった。

とはいえ、誰かを捕まえて、その理由を問《と》い質《ただ》している時間はない。


「入るぞ、アル」


筆頭皇宮衛士の特権をフルに使って、ラスはノックもせずに皇太子アリオールの執務室へと乗りこんだ。

秘書官のエルミラが不在のため、執務室には代理の文官が数人と、護衛のカナレイカが詰めている。フィアールカは、もちろん黒い仮面をつけて男装したままだ。

「やあ、ラス。ずいぶん早いご帰還だね」

フィアールカが、皮肉っぽく目を細めてラスを見る。

ラスは本来、皇国《アルギル》には戻らず、王国《シャルギア》の王都でフィアールカと合流する手筈《てはず》になっていた。

そのラスが予定を変更して皇宮に顔を出した時点で、フィアールカは、なにか厄介な問題が起きたと気づいたのだろう。彼女は文官たちとの事務連絡を早々に切り上げて、彼らを執務室から下がらせる。

部屋に残ったのは、皇女とカナレイカ、そしてラスだけだ。

「さて、何があったのか訊《き》かせてもらおうかな」

黒い仮面を外しながら、フィアールカがラスを見た。

「その前に説明しろ、フィアールカ。ティシナ・ルーメディエン・シャルギアーナ――彼女は何者だ？」

皇女の発言を遮って、ラスが訊《き》く。

フィアールカは、ふむ、と興味を惹《ひ》かれたように片眉を上げた。

「何者、というのはどういう意味かな。彼女の資料は渡してあったでしょう？」

「とぼけるのはなしだ。悪役王女の噂《うわさ》、まさか知らなかったとは言わないだろうな？」

ラスが不機嫌な表情でフィアールカを睨《にら》む。

銀髪の皇女は悪びれもせずにあっさりと首肯した。

「そうだね。きみやエルミラには伏せていたが、当然、報告は聞いてるよ」

「どうして俺たちに教えなかった？」

「余計な先入観を持って欲しくなかったからね」

堂々とした口調でフィアールカが告げる。

ラスは言い返せずに無言で唇を歪《ゆが》めた。

たしかに事前に他人から聞いた話と、自分で手に入れた情報では、信頼性がまるで違ってくる。特にティシナ王女のような、規格外の相手に関する情報であれば尚更《なおさら》だ。

「だけど、ほんの数日できみの耳に入ったということは、彼女の噂《うわさ》は、一般市民の間にもかなり広まっているみたいだね」

「そうだな。少なくとも傭兵《ようへい》ギルドに出入りする連中の間じゃ、知ってて当然という雰囲気だった」

「それはなかなか興味深いね。彼女の悪行が王家でも隠蔽できないレベルなのか、それとも誰かが意図して噂《うわさ》を広めたのか……」

フィアールカが、真面目な口調で呟《つぶや》いた。

カナレイカが、少し慌てたように口を挟んでくる。

「お待ちください、殿下。悪役王女というのは、もしかしてティシナ王女のことですか？」

「そうだよ。彼女、ずいぶん派手にやらかしてるみたいだね。姉の婚約者を誘惑してデートに出かけたり、平民あがりの男爵家の娘をいじめて王立学園から追い出したり……あとは自分の別荘を造るために村ひとつ潰して住民を立《た》ち退《の》かせたって話もあったかな」

「なっ……⁉」

信じられないというふうに、カナレイカが目を大きく見開いた。

「どうしてそのような勝手が許されているのですか。いくら王女だからといって、そんな非道な振る舞いを、シャルギア王やほかの王族は黙って見ていると……？」

「なぜ許されているのかといえば、結果的に彼女のおかげで皆が救われたからだよ」

「……救われた？」

首を傾《かし》げるカナレイカに、そうだよ、とフィアールカが肩をすくめてみせる。

「第三王女の婚約者には、年上で既婚者の愛人が三人もいてね。ティシナ王女の行動がきっかけでそれが明るみに出たんだよ。そのうちの一人が王宮に殴りこんできて刃傷沙汰《にんじょうざた》さ。ティシナ王女は姉君の代わりに危うく刺されるところだったそうだよ」

「そ……それは……」

「彼女が学園から追い出した男爵令嬢は実は替え玉でね、男爵が愛人に生ませた隠し子だったらしいよ。本物の令嬢は、男爵家の地下に監禁されていたんだとか。それからティシナ王女が住民を追い出した村は、その直後の土砂崩れに巻きこまれて今は跡形も残ってないという話だよ」

「まさか……ティシナ王女は、それをすべて知っていたのですか？」

「さあ、どうだろうね。単なる偶然と考えるには、できすぎてる気もするけれど」

フィアールカは、曖昧に首を振った。

結果だけを見るならば、ティシナ王女は多くの人々を救っている。だから彼女が、なんらかの罪に問われることはなかった。

だとしても、ティシナ王女のやったことが悪行であることには変わりない。彼女が悪役王女と呼ばれるようになったのは、むしろ当然だといえる。

問題は、ティシナ王女がそれらを計算した上でやっているのかどうか、ということだ。

「それで、きみのほうはなにがあったのかな、ラス？」

フィアールカが再びラスに視線を戻す。

ラスは渋面のままぼそりと呟《つぶや》いた。

「龍が出た」

「龍？　本物の龍種《ドラゴン》ですか？」

カナレイカが不安げな表情でラスを見る。

ラスは彼女を安心させるように、殊更にやる気なくうなずいて、

「ああ。水龍の成体だ」

「その場にティシナ王女が居合わせた、ということかい？」

フィアールカが面白そうに片眉を上げた。ラスは気怠《けだる》げに息を吐く。

「たまたま視察かなにかの名目で、傭兵《ようへい》を雇って出かけていたそうだ。彼らが魔獣どもの相手をしてくれたおかげで、地元住民の被害はほとんど出ていない」

「そして龍を倒したのはきみか」

「ほっとくわけにもいかなかったからな」

「王女が視察に出かけた先にたまたま龍が出現して、その場にたまたま龍殺しの煉騎士《れんきし》が居合わせたのか。都合が良すぎて笑ってしまうね」

銀髪の皇女が、呆《あき》れたように口角を上げる。

ラスは、そんなフィアールカを疑わしげに見返して、

「俺は仕方なく王女を助けにいったんだが、それをたまたまに含めていいのか？」

「皇国《アルギル》の兵士であるきみが、なぜか王国を訪れていたんだ。充分に偶然の範疇《はんちゅう》だよ。誰かがそうなるように仕組んでいたのなら、話は変わってくるけどね」

「まあ、そうだな……」

皇女の指摘を、ラスは渋々と受け入れた。

ふふん、とフィアールカは満足そうに笑う。

「ティシナ王女には会ったのかい？」

「それだよ、問題は。俺の顔は彼女に知られていたぞ」

「いったいなんの自慢なのかな？」

「自慢じゃねえよ。俺は偽名を名乗ったんだが、あっさり本名を言い当てられた。筆頭皇宮衛士《ガード・オブ・シルバー》って肩書きもな。どこからか情報が洩《も》れてるんじゃないのか？」

「……それはおかしな話だね」

フィアールカが少しだけ真剣な声音で呟《つぶや》いた。ラスが眉間にしわを寄せる。

「おかしい？　なにがだ？」

「いや、皇国《アルギル》の国内に、王国《シャルギア》の密偵がいるのはいいんだ。近隣国の情報収集は、どこの国だ

ってやってることだからね。だから当然、対策もしてある」

「対策？」

「きみが国内に残っていると見せかけるために、聖女リサーに一芝居打ってもらったんだよ」

「聖女リサー？　どうして彼女の名前が出てくるんだ？」

「あの……ラス、これを……」

戸惑うラスを見かねたように、カナレイカがなにかをそっと差し出した。

皇都で流通している大手の新聞。センセーショナルな事件やスポーツ、芸能、有名人のゴシップ記事などを扱う人気の大衆紙だ。

その一面に大きく掲載された記事を見て、ラスは頰を引《ひ》き攣《つ》らせた。

「なんだ、これは……!?　『極東の種馬《ザ・スタリオン》、聖女と逢《あ》い引《び》き』って……」

皇宮で重要な役職についている煉騎士《れんきし》が、人目を忍んで聖女と夜の街に消えていった――記事の中身は、だいたいそのようなものだった。

さすがに本名はぼやかしているものの、見る者が見れば、それがラスとリサーのことだとすぐにわかる。なにしろラスたちの絵姿まで、しっかりと掲載されているからだ。

新聞の日付は、四日前。ラスがシャルギアの王都に到着した、その翌日の記事である。

もちろんラスには覚えがない。そもそもシャルギアにいるラスが、皇都で逢《あ》い引《び》きなど不可能だ。

「皇国《アルギル》の国内で聖女とスキャンダルを起こしたきみが、まさか自分の国にいるとは王国《シャルギア》の密偵も思わないでしょう？　というわけで、きみが王国国内にいることを、ティシナ王女が知ってるはずがないんだよ」

フィアールカが得意げな口調で説明する。

ラスは怒りに声を震わせた。

「そんなくだらない偽装工作のために聖女リサーを巻きこんだのか⁉　もっとほかにやり方があっただろ⁉」

「ティシナ王女を暗殺から救うためだと説明したら、聖女本人はノリノリで協力してくれたけどね」

「それはあの人の性格ならそうなるだろうけど……！」

「ちなみにきみの代役を演じたのは、聖女リサーの弟くんだから安心していいよ」

「なんの安心だ……⁉」

握りつぶした新聞を、ラスはフィアールカの机の上に叩《たた》きつけた。頭痛に耐えるようにこめかみを押さえて首を振り、乱れた息を整える。

そう。重要なのは、でっち上げられたスキャンダルなどではない。

それよりも気にするべき問題がほかにある。

「だったらどうして、ティシナ王女は俺を知ってたんだ？」

「そうだね。それは私にもわからない」

ラスの疑問に、フィアールカが静かに首を振る。

そして彼女は強気に微笑《ほほえ》み、挑戦的な瞳でラスを見つめて言った。

「彼女の秘密を解く鍵は、どうやらその辺にありそうだね」

2

「ティシナ王女の秘密……ですか？」

カナレイカが、怪訝《けげん》な表情でフィアールカに訊《き》いた。

そうだね、と銀髪の皇女は微笑《ほほえ》んで、

「不確実な噂《うわさ》はいったん置いておくとして、気になるのは、やはり彼女がラスの正体を知っていた理由かな。本当に心当たりはないのかい、ラス？」

「あるわけないだろ。俺はほんの半月前まで、ティシナ王女の名前すら知らなかったんだぞ」

「ふふっ。ティシナ王女と接触するように、きみに依頼したのは私だしね。信じてあげるよ」

「当然だ」

恩着せがましいフィアールカの言葉に、ラスは小さく顔をしかめた。

フィアールカが菫色《すみれいろ》の大きな瞳で、そんなラスを見つめてくる。

「それできみは、彼女とどういう話をしたのかな？」

「偽名を使って密入国したことに文句を言われて、追い払われたんだよ」

「それでのこのこ皇国に戻ってきたのか。密入国の理由を説明しなかったのかい？」

「彼女が暗殺者に狙われてるって話は、本人にも伝えたんだがな。護衛は要らないからさっさと立ち去れ、だとさ」

ラスは不機嫌な口調で言った。やけに強硬なティシナ王女の態度は気になったものの、そんなふうに言われてしまえば、異国の兵士であるラスは従うしかない。

「信じてもらえなかったのですか？」

「いや……違う。たぶん彼女は、自分の命が狙われていることを最初から知ってたんだ。その上で、俺たちの手助けは要らないと判断したんだと思う」

「皇国の情報部でも、いまだに正体をつかめていない暗殺組織の動きを知っていた、と？」

カナレイカが驚いたように目を瞬《まばた》いた。

アルギル皇国の皇帝には、〝銀の牙〟と呼ばれる隠密集団《おんみつしゅうだん》が代々仕えている。ティシナ王女の暗殺計画を事前に察知できたのも、彼らの働きがあったからだ。

だが、その銀の牙の組織力をもってしても、暗殺組織の動向や、彼らの潜伏場所はつかめていない。にもかかわらず、ティシナ王女は自分の命が狙われていることを知っていた。

だとすればティシナ王女には、銀の牙と同等以上の情報網を持っているということになる。

「ティシナ王女の情報収集能力について、銀の牙では二十七種類の仮説を検討していたよ」

フィアールカが、不意に真面目な声で呟《つぶや》いた。

「二十七種類？」

多いな、とラスは眉を寄せる。フィアールカは薄く苦笑して、

「そのうち特に有力だったのが三つ。一つは彼女が、銀の牙に匹敵する強力な情報機関を自前で持っている可能性だね」

「存在を知られていない大規模な組織が、彼女の背後にいるってことか？」

「そう。だけど、この仮説には瑕疵《かし》がある。四番目の王女にすぎない彼女だけが、なぜそんな強力な組織の支援を受けられるのか、という理由が説明できないんだ」

「彼女の母親の出身国が絡《から》んでるんじゃないのか？」

「シャルギアの属国であるルーメド国だね」

ラスの指摘に、フィアールカがうなずく。

「まだ十七歳のティシナ王女がゼロから組織を作ったというのは現実的ではないから、そう考えるのが妥当だろうね。問題は彼女の行動が、ルーメドの国益になに一つ貢献してないことだけど」

「……たしかにな」

ラスは皇女の言葉に同意した。

ティシナ王女がやったことといえば、王宮出入りの商人に無理難題を吹っ掛けたり、同級生をいじめたり——悪役王女の名にふさわしいロクでもない所業だけだ。

それが結果的に回り回ってシャルギア国民の助けになったとしても、国家規模の情報機関の働きに見合っているとはとても思えない。

「そもそも、銀の牙を凌《しの》ぐほどの情報機関の存在に、誰も気づかないということがあり得るのでしょうか……？」

カナレイカがもっともな疑問を口にする。

フィアールカは、さあ、と首を傾《かし》げてみせた。彼女自身、ティシナ王女の背後に大規模な組織があるという仮説を信じてはいないのだ。

「ほかにも仮説があると言ったな？」

勿体《もったい》ぶるフィアールカに、ラスが話の続きを促した。

フィアールカは、なぜか愉快そうに目を細めて、

「組織のバックアップがないとすれば、あとは王女個人の能力ということになるね」

「個人の能力？」

「たとえば、ティシナ王女が他人の心を読めるとしたらどうだろうね。それなら彼女がシャル

ギアの貴族たちの不正を暴いたことや、ラスの素性を言い当てたことにも説明がつく」

「他人の心を読む？　そんなことが可能なのですか？」

カナレイカが驚いたように訊《き》き返《かえ》す。フィアールカは笑って首を振り、

「少なくとも私にはできないな。直接本人に会ってみれば、自分の心が読まれているかどうかはわかりそうなものだけど」

そう言って銀髪の皇女は、ラスの目をのぞきこんでくる。

「ラス、きみはどう思う？」

「その仮説はハズレだよ、たぶんな」

ラスは、少し考えてきっぱりと言い切った。

フィアールカが意外そうに眉を上げる。

「なぜそう言い切れるのかな？」

「龍が出てくることを、彼女が知っていたからだ」

皇女の疑問に、ラスは即答した。

「あの王女様は、何日も前から依頼を出して傭兵《ようへい》をかき集め、龍が現れる場所に出かけていった。他人の心が読めるってだけじゃ、その理由を説明できないだろ」

「たしかに人間の心が読み取れても、龍が出現するかどうかは予測できないね」

なるほど、とフィアールカもラスの主張をあっさり認める。

「じゃあ、彼女が未来を知ってるといえば納得できるかい？」

「それが三番目の仮説か？」

「未来予知……星読みのようなものですか？」

ラスとカナレイカが、困惑の視線をフィアールカに向けた。

星読みとは、天体の運行や煉気《れんき》の流れから人や国家の未来を読み解く技術──要は占いだ。

特に砂漠に住む遊牧民の間には、稀《まれ》に高い精度で未来を見通す者が現れ、予言者と呼ばれて崇拝されている。ティシナ王女が彼らと同じような力を持っているのなら、龍の出現時期を言い当てることもおそらく不可能ではないだろう。

だからといって、貴族や官僚の汚職を、占いで見抜けるとは思えないのだが──

「占星術とは少し違うかな。彼女は未来を視《み》ているわけじゃなくて、知ってるんだよ。彼女にとってこの時代は、すでに一度体験した過去なのさ」

フィアールカが、淡々と説明を続けた。

妙に自信ありげな彼女の口振りに、ラスはかすかな戸惑いを覚える。

「なぜそんなことが言い切れる？」

「彼女が、悪役王女と呼ばれているのがその根拠だよ」

「なに？」

「ティシナ王女が、本当に未来を予知できるなら、わざわざ自分が憎まれるような損な役回りを担《にな》う必要なんかない。今回の龍討伐の一件にしたってそうさ。占いの内容を国王にでも奏上して、軍を派遣してもらえば済むことだ。違うかい？」

「それは……いや、そうか。未来予知なんて荒唐無稽な話でも、彼女のこれまでの実績があれば、無視するわけにはいかないか」

「だけど王女はそうしなかった。それができない理由があったんだ」

「理由？」

「彼女は、歴史を変えるわけにはいかなかったんだよ。もし歴史の流れを大きく歪《ゆが》めてしまったら、未来を知っているという自分の優位性が失われてしまうからね」

そう言って、フィアールカは不敵に微笑《ほほえ》んだ。

「だから彼女に許されているのは、歴史に影響が出ない程度の、ささやかな変化を起こすことだけなんだと思う。たとえば、いずれ露見する犯罪を少しだけ早めに暴いたり、龍の出現で発生する被害を最小限に抑えたり、といったところかな」

「そうか……彼女が俺の名前や肩書きを知っていたのは……」

「うん。おそらくティシナ王女が知っている未来でも、きみは龍と戦ったんだろうね。ただし今回の歴史とは比較にならないくらいの、大きな被害が出たあとでね」

フィアールカの言葉に、ラスは沈黙した。

彼女の理屈には、いちおう筋が通っている。だがそれを素直に受け入れる気になれないのは、未来を体験したなどという突拍子もない仮説を認めるのに抵抗があるからだ。

「ティシナ王女は未来を体験して過去に戻ったということですか？　そのような煉術《れんじゅつ》が存在するなど、聞いたことがありませんが」

ラスと同じ気持ちだったのか、カナレイカが困ったような口調で確認する。

「そうだね。だから、これは煉術《れんじゅつ》ではなくて、彼女自身の能力なのかもしれない。あるいはルーメドの王家に伝わる秘術かな」

「正直、私にはまだ信じられません」

「鵜呑《うの》みにするよりは、疑ってくれたほうがいいよ。しょせんただの仮説だからね。彼女が本当に歴史をやり直しているのだとしても、目的がさっぱりわからないし」

フィアールカは、気を悪くすることもなく首を振った。

「ティシナ王女の目的……か……」

ラスは、半信半疑といった表情のまま、フィアールカの仮説について考える。

ティシナ王女は、悪役などという不名誉なあだ名を背負ってまでも、歴史改変の影響を最小限に留《とど》めようとしている。歴史の流れを大きく変えてしまったら、彼女が知っている未来から逸脱する可能性があるからだ。

その推測は、おそらく間違っていない。ラスにもそれは理解できる。

では、なぜ未来が変化したら困るのか？

それは、彼女が本当に変えたい歴史を、変えられなくなってしまうからではないか――？


おそらくこの先そう遠くない未来に、なんらかの災厄が訪れる。

ティシナ王女は、その運命を変えようとしている――そう考えれば、すべてが腑《ふ》に落ちる。

そして彼女が歴史を変えるためには、ラスの存在が邪魔だった。

だからティシナ王女は、無理やりにでもラスを皇国へと追い返したのだ。

「待て……ティシナ王女は未来を一度体験していると言ったな？」

「一度きりとは限らないけどね」

ハッと勢いよく顔を上げたラスに、フィアールカが穏やかに指摘する。

ラスは、ギリッと奥歯を噛《か》み締《し》めた。今更ながらに自分の迂《う》闊《かつ》さに腹が立つ。

「そうか。だから、彼女はあんなことを言ったのか……！」

「……ラス？」

「フィアールカ……ティシナ王女の目的がわかった。彼女は、死ぬ気だ」

む、とフィアールカが目つきを鋭くした。

生真面目なカナレイカが、驚いてラスに詰め寄ってくる。

「それはどういう意味ですか、ラス？」

「王女は、自分がもうすぐ暗殺されることを知っている。だから俺を追い払ったんだ」

「きみが暗殺を阻止するのを防ぐため、か……きみがそう判断した根拠はなんだい？」

フィアールカが冷静に問い返した。

ラスは声を荒らげる。

「別《わか》れ際《ぎわ》に王女が言ったんだよ。最期《さいご》にもう一度俺に会えてよかった、って。くそ……あのキスは別れの挨拶のつもりか……！」

ラスが無意識に口にしたキスという言葉に、フィアールカが一瞬、動きを止めた。

皇女の全身から漂い始めた冷ややかな気配に、カナレイカが顔を引《ひ》き攣《つ》らせる。

「へえ……なるほど。そうか、きみは彼女とキスしたのか」

「……フィアールカ？」

思いきり頬を膨らませているフィアールカに気づいて、ラスはようやく自らの失言に気づいた。ずいぶん柔らかそうな頰《ほ》っぺただな、などと現実逃避気味に場違いなことを考える。

「そうか。きみにとっての彼女が初対面の相手でも、すでに未来を体験している彼女にとってはそうではないわけか。だからきみにキスをした、と。だとしても、知らない女にいきなりキスされるなんて、弛《たる》んでるんじゃないのかな。それで剣聖の弟子を名乗るなんてお笑いぐさだね」

「いや……キスしたかどうかはそこまで重要じゃないだろ。それよりも……」

ラスの弱々しい言い訳を、ダンッ！　という荒々しい音が遮った。

乱暴に机に手を突いて、フィアールカが勢いよく立ち上がったのだ。

「決めたよ、カナレイカ。すぐに出発の準備を始めてくれ」

「殿下？　出発の準備というのはいったい……？」

フィアールカの唐突な命令に、さすがのカナレイカも戸惑いを隠せない。

しかしフィアールカは、事も無げに続けて言った。

「もちろんシャルギア行きの準備だよ」

「シャルギアに？　ですが、予定では出発は来週のはずでは……」

「遅かれ早かれ国際会議には行かなきゃならないんだから、それが一週間くらい早まったからといって誤差の範疇《はんちゅう》だよ。皇太子の公務が滞っても、手遅れになるよりはマシだからね」

「わ……わかりました」

カナレイカは、すっかり諦めたように皇女の下知を受け入れた。一度フィアールカがこうと決めた以上、もはや逆らっても無駄だとよく理解しているらしい。

そんなフィアールカの性格を知り尽くしているのは、ラスも同じだった。

「もちろんきみにも一緒に来てもらうよ、ラス。今回は密入国者ではなく、正式な外交使節――皇国の筆頭皇宮衛士《ガード・オブ・シルバー》としてね」

フィアールカが、有無を言わせぬ口調でラスに命じる。

ラスは無言でフィアールカを見返し、一度だけ小さくうなずいたのだった。

3

死んだ兄の身代わりとはいえ、フィアールカの表向きの立場は、アルギル皇国の皇太子だ。行き先が友好的な隣国といえども、一人で好き勝手に出かけるわけにはいかない。

使節団として帯同する文官と武官、そして護衛の部隊を選出し、綿密な打ち合わせを繰り返す。

更には壮行式という名の豪勢なパーティーと、皇都民向けのパレードが大々的に行われ、実際にフィアールカが皇都を発《た》ったのは、ラスが帰還した五日後のことだった。フィアールカの我《わ》が儘《まま》をもってしても、出発予定日を二日ほど繰り上げるのが精いっぱいだったのだ。

更には皇都を出発したあとも、彼女にはいくつかの行事が予定されていた。

皇太子が使節として外国に赴く際には、道中にある主要都市を訪問し、国民に顔を売ると同時に経済的な見返りを与えなければならない。

使節団として皇太子に帯同する官僚や軍の人員は二千名以上。彼らがひと晩滞在するだけで、物資の補給や宿泊費など、街には巨額の金銭が落ちる。

そうやって国内の経済を回すのも、皇族であるフィアールカの重要な役割なのだった。

「だからって、呑気《のんき》に夕食会なんかに出席する気分じゃないんだがな」

皇族専用艦〝リトー〟の艦橋から街を見下ろして、ラスは苦々しげに呟《つぶや》いた。

リトーは多脚艦《たきやくかん》と呼ばれる陸上用艦船の一種。地上を航行する大型輸送艦艇だ。

全幅は約三十八メートル。全長は二百四十メートルほど。

艦体は節足動物のように八つに分割されており、それぞれが左右四本ずつの巨大な脚で支えられている。艦全体では六十四本の脚を持っているというわけだ。

多脚艦の駆動部は狩竜機《シャスール》と同様の技術で造られており、無骨な見た目とは裏腹に恐ろしく滑《なめ》らかに駆動する。乗り心地は、海上用の船舶と大差ない。

そんな巨大な陸上艦が、三隻。搭載された狩竜機《シャスール》は合わせて約四十機。それが皇国が派遣した使節団の全戦力だ。その中には、当然ラスのヴィルドジャルタも含まれている。

「それはあきらめるしかないね。さすがに北侯領を素通りということはあり得ない。相手は皇国の重鎮たる、四侯三伯の筆頭だからね」

不満げなラスをなだめるように、フィアールカが告げた。

今の彼女は、男物の軍服と黒い仮面を身につけた男装の皇太子モードである。

アルギル皇国の国土は地理的な要因によって、大きく東西南北の四地区に分けられる。

四侯とは、その四つの各派閥の長である。

そして派閥に属さない独立した勢力として、国境警備を担《にな》う三つの辺境伯家がある。

中央統合軍《セントラル》の軍事力を十とするなら、辺境伯家はそれぞれ四から五。東西南北を治める貴族たちの派閥が、三ずつといったところだろうか。

国境警備を担《にな》う辺境伯家が、戦力のすべてを国内に向けることは難しい。それでも四侯三伯の過半数が敵対することになれば、皇家と臣下の戦力はたやすく逆転する。

そのような事態を避けるためには皇族といえども、各派閥への配慮を欠かせない。

北侯領の訪問は、そうした政治的な配慮の産物なのだった。

「――シャルギア入りした暗殺者はほっといていいのか？　俺たちが王国《むこう》に着く前に、お姫様が殺されてたら洒落《しゃれ》にならないだろ？」

「ふーん……ずいぶんティシナ王女のことを気にするね、ラス。そんなに彼女にキスしてもらえたのが嬉《うれ》しかったのかな？」

「王女の暗殺を阻止しろっておまえが俺に命令したんだろうが」

不機嫌さを隠そうともしない皇女の皮肉に、ラスが顔をしかめて言い返す。

フィアールカは拗《す》ねたような表情のまま、素っ気なく肩をすくめてみせた。

「焦《あせ》らなくても、王女の暗殺が実行されるのはまだ先だよ」

「どうしてそんなことが言い切れる？」

「暗殺の黒幕が、皇国の暗殺者を雇ったからだよ」

「なに？」

「わざわざ皇国の暗殺者を雇ったということは、依頼主は、王女殺害の責任を皇国に押しつけるつもりなんだろうね。そうでなければ他国の暗殺者を雇い入れる必要なんかないでしょう？」

「それは、そうか……そうだな」

ラスは皇女の言葉に同意した。

暗殺計画の黒幕が、どこの誰なのかはわからない。しかし黒幕の目的が、皇国《アルギル》と王国《シャルギア》の関係悪化にあるのは間違いない。

そしてシャルギア王家には、未婚の王女が七人いるという。ティシナ王女を暗殺するだけでは、べつの王女が皇太子アリオールにあてがわれて終わる可能性もある。

皇国《アルギル》と王国《シャルギア》の友好関係を確実に破綻させるためには、ティシナ王女を殺すだけではなく、暗殺の責任を確実に皇国に押しつけなければならないのだ。

「逆に言えば、暗殺の黒幕は、犯人が皇国の関係者だということを必ず証明しなければならない。そのためにはどうすればいいと思う？」

「証人が必要、ということか――中立的な第三勢力の」

「そうだね。幸いあと二週間もすれば、王国にはシュラムランド同盟会議のために各国の代表者が集まってくる。アルギル皇国の人間がティシナ王女を殺したことを立証するには、彼らが王国にいる間に暗殺するのが確実だ。他国の要人を証人代わりに使う。それが黒幕の目的と思っていい」

「つまり国際会議が始まるまでは、王女は安全ということか」

「たぶんね」

フィアールカが、溜息《ためいき》まじりにラスを見た。

「だからこそ国際会議が始まる前に、暗殺者を始末しておきたかったんだけどね。まさかきみが、あっさり王女に追い返されるとは思いもしなかったよ」

「それは仕方ないだろ。未来を知ってる相手に駆け引きで勝てるかよ」

ラスは声を潜めて弁解した。

艦橋には、ラスとフィアールカ以外にも大勢の乗組員の姿がある。その中で、王女暗殺計画について知っているのは、護衛としてフィアールカの背後に控えているカナレイカだけだ。

多脚艦特有の騒々しい駆動音のせいで、乗組員たちがラスとフィアールカの会話を聞き取るのはほぼ不可能だが、用心するに越したことはないだろう。

「――普通なら、きみの言うとおりかな」

フィアールカが意外にあっさりと、ラスの言い訳を受け入れた。

「普通なら？」

「そう。だから、こちらもやり方を変えてみることにするよ」

「なにをする気だ？」

「すぐにわかるよ。それよりも当面の問題は、やはり北侯領を無事に通過することかな」

「意外だな。弱気じゃないか」

ラスが軽く眉を上げてフィアールカを見た。北侯は老練で手強《てごわ》い政治家だが、あくまでも国内の一貴族に過ぎない。皇族であるフィアールカが、彼をそこまで恐れていることに驚いたのだ。

しかしフィアールカは、嫌そうに眉間にしわを寄せて首を振る。

「弱気にもなるさ。北侯領には、ペルがいる。私は彼女が苦手なんだ」

「ペルニーレか……」

溜息《ためいき》を漏らすフィアールカを見て、ラスは彼女の苦悩の原因を理解した。

ラスたちの乗る陸上艦リトーが不意に速度を落としたのは、それから間もなくのことだった。

リトーの進行方向に、巨大な旗を掲げた狩竜機《シャスール》の姿が見えてきたからだ。

街道とは名ばかりの荒地の中央で、リトーを待ち受けていた狩竜機《シャスール》は三機。いずれも、美しい装飾を施された銘入りの機体。すなわち高位貴族の専用機である。

彼らが掲げる二旒《にりゅう》の旗は、それぞれ皇国の国旗と北侯の領旗だった。それで彼らが、北侯が出迎えとして寄越した案内役の狩竜機《シャスール》だとわかる。だが——

『我が名は、北侯フレデリク・オヴェル・バーンディの子、ペルニーレ——北侯の名代として、皇太子殿下のお迎えに参上した』

狩竜機《シャスール》の乗り手《ジョッキー》が名乗りを上げ、それを聞いたフィアールカが露骨に顔をしかめた。

まさにその声の主こそ、フィアールカが恐れていた人物だったからだ。

ペルニーレ・バーンディィは現北侯の長女――

そして皇太子アリオールの、婚約者候補と呼ばれた人物なのだった。

4

その夜、ラスとフィアールカは、北侯バーンディィ家の領主館にいた。

領主館といっても北部閥を束ねる大貴族の館ともなれば、その実体は完全に城である。さすがに見た目の絢爛《けんらん》さでは一歩譲るが、規模では皇宮に劣らない。

煉術《れんじゅつ》の光で過剰なほどに照らし出された大広間には、楽団の演奏する優雅な音楽が流れ、華やいだ雰囲気を醸成している。

色とりどりの衣装で着飾った来客の数は、千を超えているだろう。

北侯主催の夕食会。皇太子アリオールを歓迎するための大々的な宴《うたげ》である。

立食形式の会場の中心にいるのは、もちろん男装したフィアールカ。ドレス姿のカナレイカが、彼女のパートナーを務めている。

アルアーシュ侯爵家の令嬢でもあるカナレイカならば家格的に皇太子の隣にいても問題ない

し、容姿においても釣り合っている。そしてなによりも護衛として頼もしい。そんなカナレイカにフィアールカの世話を押しつけて、ラスは会場の片隅でのんびりと時間を潰していた。

ラスが身につけているのは儀礼用の軍服に、筆頭皇宮衛士《ガード・オブ・シルバー》であることを示す赤と銀の派手なマントだ。肩には龍殺しの騎士であることを示す派手な飾緒《しょくしょ》が吊《つ》り下《さ》げられている。

雄々しいと見えるか趣味が悪いと思われるか判別がつかない微妙なデザインで、正直ラスの趣味ではない。しかし周囲を威圧する効果だけは抜群だった。

極東伯令息という身分の高さに加えて、〝極東の種馬《ザ・スタリオン》〟の悪名もあって、わざわざラスに話しかけてくる奇特な人間は多くない。

おかげでラスは誰にも邪魔されることなく、贅《ぜい》を尽くした豪華な料理を堪能《たんのう》する。

時折、北部閥貴族たちの挨拶攻勢につき合わされているフィアールカの恨みがましい視線が飛んでくるが、ラスは当然のようにそれを黙殺した。あとで報復されるかもしれないが、そのときはそのときだ。

そうやって傍観を決めこむラスに、一人の女性が近づいてくる。ひときわ豪華なドレスをまとった、緑色の髪の令嬢だった。

「――お久しぶりね、ターリオン卿《きょう》。少しお話しさせていただいても？」

「これはこれは、ペルニーレ・バーンディ嬢。三年前に皇都でお会いして以来でしょうか。あれからますます美しさに磨きがかかったのでは？　今宵《こよい》のあなたの美貌の前では、月の輝きすら色褪《いろあ》せて見えましょう」

淑女の礼を取る令嬢に、ラスが仰々しい挨拶を返す。

それを聞いた緑髪《りょくはつ》の令嬢が、たまりかねたように小さく噴き出した。

「やめてよ、ラス。笑っちゃったじゃない。いつからそんなお世辞が言えるようになったの？」

「べつに全部がお世辞ってわけでもない。なかなかいいドレスだな、ペル。商都《プロウス》のパーセヴァル夫人のデザインか？　そのエメラルドのネックレスもよく似合ってる」

「……驚いた。ドレスの工房まで言い当てるなんて。娼館《しょうかん》に入り浸ってるって噂《うわさ》、本当だったのね」

令嬢が、目を丸くしてラスを見返した。

ペルニーレは、北侯バーンディ家の令嬢。対するラスは、ヴェレディカ極東伯家の三男だ。

同じ四侯三伯の子女ということで、幼いころから何度も顔を合わせている。

そしてなによりもペルニーレは、皇太子アリオールの婚約者候補だったのだ。

皇女フィアールカの婚約者だったラスとは立場が似ていることもあり、嫌でも距離が近くなる。

だからこそ彼女は、今のラスを見て困惑したのだろう。少なくとも三年前のラス・ターリオンは、ドレスの良《よ》し悪《あ》しを気にするような青年ではなかったからだ。

もっともラスとしても、望んでそのような知識を手に入れたわけではない。

女性の髪型や服装の変化に目ざとく気づいて褒めるのは、〝楽園h《パラディアッシュ》〟の凶暴な娼婦《しょうふ》たちを敵に回さないための必須技能なのである。

「あれからいろいろあったからな。それはきみも同じだろ、ペル」

「そうね。フィアールカのことは、残念だったわ」

遠い目をしたラスを見てなにか誤解したのか、ペルニーレが気遣うように目を伏せた。ラスはなんともいえない表情で頭をかく。真剣に皇女の死を悼《いた》んでいるペルニーレの背後から、その皇女本人がラスをジト目で睨《にら》んでいたからだ。

フィアールカとしては、ラスが自分のことを放置して、代わりにペルニーレのような美人と話していることが不満らしい。事情を知らないペルニーレにとっては、実にいい迷惑だ。

「ペルはフィアールカと仲が悪かっただろ?」

「それはそうよ。私より美人で頭もよくて、おまけにあなたもアリオール殿下も彼女に甘いのよ。好きになれるわけないじゃない。私にとっては小姑《こじゅうと》になるかもしれない相手だったのに」

ペルニーレが唇を尖《とが》らせてラスを見た。そして彼女は寂しげに微笑《ほほえ》んで首を振る。

「でも今になってみれば、彼女が本当に私の小姑《こじゅうと》になってくれたらよかったと思うわ。たしかに仲は悪かったけど、フィーのことは嫌いじゃなかったから」

「そうか……」

ラスは返事に窮して曖昧にうなずいた。

はっきりと口には出さないが、皇太子アリオールが隣国の王女と結婚することを、ペルニーレは知っているのだろう。幼いころから皇太子の婚約者候補として扱われ、そのせいで多くの犠牲を払ってきた彼女の名誉は、今や完全に踏みにじられた形になっている。

しかも彼女の父親が主催するこの夕食会は、その皇太子を隣国に送り出すためのものなのだ。皇太子が隣国に着いて数日もすれば、彼と王女の婚約が発表されることになっている。それを知らされているペルニーレにとって、パーティー会場の居心地は最悪だろう。

だからといって北侯の娘である彼女が、パーティーを欠席することは許されない。ペルニーレにしてみれば、昔なじみのラスに向かって愚痴の一つも言いたくなるのは当然だ。

「それはそれとして、俺にはあまり近づかないほうがいいぞ、ペル」

「あら、どうして？」

「未婚の令嬢が極東の種馬《ザ・スタリオン》と二人きりで話してるというだけで、面白おかしい噂《うわさ》を広めてくれるやつは多いからな。きみが迷惑することになる」

ラスがペルニーレを突き放すように告げた。

しかし緑髪の令嬢は悪戯《いたずら》っぽく微笑《ほほえ》んで、わざとらしくラスとの距離を詰めてくる。

「あら、それならそれでいいじゃない。あなたも婚約者をなくして独り身なんでしょう？　責任を取ってくれてもいいのよ？」

「やめてくれ。北侯に睨《にら》まれたくはないからな」

「そう？　お父様ならたぶん気にしないわよ？」

逃げ腰のラスを上目遣いで見上げて、ペルニーレは愉快そうに目を細めた。

そんなペルニーレとラスの間に、音もなく割って入る人影があった。

深紅のドレスを着たカナレイカだ。

「――ラス、いくらなんでも未婚のご令嬢に対して、距離が近すぎるのではありませんか？」

カナレイカがラスに顔を近づけて、咎《とが》めるような口調で囁《ささや》いた。

ラスに対する諫言《かんげん》という体裁だが、実際にはペルニーレを牽制《けんせい》するのが目的だ。

「そうだな。俺もそう思うよ」

ラスがこれ幸いと、カナレイカの背後に回る。

カナレイカがペルニーレの邪魔をしたのは、おそらくフィアールカの指示だろう。

理由の半分は、北侯との関係悪化を恐れたためだ。

ペルニーレが事実上の婚約破棄をされたことで、ただでさえ皇家と北侯の関係は複雑な状況になっている。そんな中で皇太子の側近という立場のラスがペルニーレに手を出せば、北侯の怒りを買う可能性は低くない。皇族であるフィアールカが、それを看過できないのは当然だ。

そしてもうひとつの理由は、ただの嫉妬だ。

自分が北部閥貴族たちの挨拶攻勢でろくに食事もできないときに、ラスがほかの女性と親しげにしていれば、フィアールカとしても内心穏やかではないだろう。ましてやラスの相手が、自分の苦手なペルニーレであれば尚更《なおさら》だ。

カナレイカは、面倒な上司の都合と悋気《りんき》に完全に巻きこまれた形である。

しかしもちろんペルニーレには、そんなことはわからない。当然、彼女の怒りの矛先は、目の前のカナレイカに向かうことになる。

「あら、カナレイカ・アルアーシュ様に、それを咎《とが》める資格がありますの？　それともアルアーシュ様、もしかして嫉妬しておられるのかしら？」

ペルニーレが、わざとらしく挑発的な口調で訊《き》いた。

彼女とて本気でラスを口説いていたわけではない。ただ、ラスとの会話に割りこんできたカナレイカをからかって、鬱憤を晴らすつもりなのだろう。

なにしろカナレイカは、この夕食会において皇太子《アリオール》のパートナーを務めているのだ。

その彼女が極東の種馬《ザ・スタリオン》を巡って北侯の娘と諍《いさか》いを起こしたとなれば、皇太子の顔に泥を塗る立派な醜聞の出来上がりである。

そして悪意に満ちたペルニーレの言葉に、カナレイカが頬を引《ひ》き攣《つ》らせる。

「私は筆頭皇宮衛士であるラス殿に、立場に相応《ふさわ》しい振る舞いを求めただけです。邪推は慎んでいただきたい、ペルニーレ・バーンディ様」

「あなたの今夜のパートナーは、アリオール殿下でしょう？　ラスが誰を口説こうと、あなたには関わりのないことではなくて？　あなたがラスに対して、個人的な劣情を抱いているのなら話は別ですけれど」

「劣情ではありません！　私がラス殿に対して抱いているのは、敬愛と信頼です！　訂正を！」

「敬愛って……あなた、本当にラスのことが好きだったの……？」

「好……!?　いえ、違っ、それは……」

ペルニーレが本気で驚いたように目を丸くして、その想定外の反応にカナレイカが動揺した。

武人としては優秀なカナレイカだが、貴族女性が得意とする駆け引きには疎《うと》い。

あまりにも素直すぎるカナレイカの反応に、ちょっとからかうだけのつもりだったペルニーレも調子を狂わされてしまったらしい。

宴《うたげ》の参加者たちがどよめくのを見て、面倒なことになった、とラスは頭を抱える。この調子では、カナレイカとペルニーレがラスを奪い合ったという噂《うわさ》が皇国中に広まるのも時間の問題だろう。

しかし肝心のカナレイカは今ひとつ状況を把握しておらず、ペルニーレもここで引き下がるわけにはいかない。尻尾を巻いてカナレイカから逃げたなどという噂《うわさ》が追加されたら、恥の上塗りになるからだ。

そして騒動の中心人物であるラスや、婚約破棄事件の当事者である皇太子《アリオール》には、彼女たちを仲裁することはできない。いっそ煉術《れんじゅつ》で騒ぎを起こしてうやむやにするか、などとラスが物騒なことを考え始めたとき、意外な方角から声がした。

「――興味深い話をしているな、ペルニーレ」

唐突に放たれた静かな声に、周囲の空気が張り詰める。

ペルニーレが小さく息を呑《の》み、ラスは思わず舌打ちしそうになる。

皇太子と護衛たちをぞろぞろと引き連れて現れたのは、灰色の髪をした長身の男性――この夕食会の主催者であり、ペルニーレの父親。北侯フレデリク・オヴェル・バーンディだった。

5

北侯フレデリクは、四十代後半。

軍人としては一線を退いて久しいが、今なお揺るぎない威厳を感じさせる風貌の持ち主だ。煌《きら》びやかな衣装をまとって皇太子を演じるフィアールカと並んでも、その存在感は見劣りしない。少なくとも威圧感に限れば、フレデリクのほうが圧倒的に上だろう。

「――挨拶が遅れたことを詫《わ》びよう、ターリオン卿《きょう》。龍殺しの英雄の来訪を心より歓迎する。うちの娘とも親しくしてもらえているようでなによりだ」

フレデリクが低い声でラスに呼びかけた。

それが言葉どおりの意味なのか、それとも怒りを隠しているのか、彼の表情からは読み取れない。ペルニーレはただ無言で顔を伏せる。

「素晴らしい宴《うたげ》にお招きいただいたこと、感謝します、バーンディ閣下。お目にかかれて光栄です」

ラスは当《あ》たり障《さわ》りのない態度で挨拶を返した。

北侯と同格の極東伯の息子とはいえ、ラスとフレデリクに直接の接点はない。フレデリクのほうから声をかけてきたのが、むしろ意外とすら感じられる。

しかしフレデリクは、なぜかラスを無表情に見返して、

「敬語は不要だ、ターリオン卿《きょう》。むしろ筆頭皇宮衛士《ガード・オブ・シルバー》であるきみに対しては、私のほうがへりくだるべきかもしれんな」

「お戯《たわむ》れを、閣下。見てのとおり、自分など皇帝陛下の気まぐれで分不相応な肩書きを与えられただけの若輩者ですからね」

「分不相応か。殿下はそうは思っておられないようだが？」

「そうだね。実績的にも問題はないし、ラスならば重責に応えてくれると信じているよ」

フレデリクに目を向けられて、フィアールカがにこやかに返答する。

「実績か。ふむ、そういえばほんの数日前に、ラス・ターリオンを名乗る煉騎士《れんきし》が、シャルギ

ア国内で水龍を討伐したという連絡を受けている。これは貴殿のことで間違いないか？　噂《うわさ》では、ティシナ・ルーメディエン第四王女の危機を救ったということだが」

「水龍だと？」

「まさか……下位龍ではない本物の龍種《ドラゴン》ですぞ……」

フレデリクの問いかけに、会場が大きくどよめいた。

王国との交易が盛んな北侯家ともなれば、シャルギア国内に間諜《スパイ》を放っていても不思議はない。それにしても情報が速すぎた。ラスがティシナ王女と接触したことは、王国でも重要機密扱いになっているはずなのだ。他国の貴族が、おいそれと手に入られるような情報ではない。

「さすが、バーンディ侯。耳が早いね」

フィアールカが本気で感心したように呟《つぶや》いた。フレデリクが、少し意外そうに眉を上げる。

「では、噂《うわさ》は真実だと？」

「そうだよ。おかげで潜入工作がバレて、ラスは王国を追い出される羽目になったんだけどね」

「殿下、それは……」

カナレイカが、小声でフィアールカを諫《いさ》めようとした。筆頭皇宮衛士による他国への不法侵入は、このような場所で大っぴらに語るようなことではない。

しかしフィアールカは、まあまあ、と彼女の諫言《かんげん》を受け流す。

「いいんだよ、カナレイカ。バーンディ侯に隠すようなことではないからね」

「……なぜ皇国の筆頭皇宮衛士《ガード・オブ・シルバー》が、シャルギアに潜入工作を？」

フレデリクが、眉間にしわを寄せてフィアールカを見返した。

「ティシナ王女が、暗殺者に狙われているからだよ。よりによって皇国の暗殺者にね」

「それは、殿下と王女の婚姻が原因ですか？」

「そう思う人間は多いだろうね」

北侯の不用意な発言を、フィアールカも咎《とが》めようとはしなかった。

シャルギアの第四王女と皇国の皇太子の縁組みが水面下で進められていることは、今や公然の秘密なのだ。少なくともこの会場にいるまともな貴族で、それを知らない人間はいないだろう。

「そいつは難儀な状況ですな、父上。我がバーンディ家も無関係では済まないかもしれない」

フレデリクが連れていた近習《きんじゅ》の一人が、不意に親しげな態度で会話に参加した。

父親譲りの灰色の髪を持つ、やや軽薄そうな顔立ちの貴族男性だ。

ヴァルデマール・グレイ・バーンディ――

北侯家の次男であり、自らも皇国北部のグレイ領を預かる騎士爵。そして北侯領の領軍では副師団長を務める優秀な煉騎士《れんきし》だといわれている。

そして彼は、ラスやフィアールカにとっても古い知り合いだ。士官学校時代の先輩なのである。

「滅多なことを言うな、ヴァル」

息子の軽率な発言に、フレデリクが怒気を滲《にじ》ませた。

しかしヴァルデマールは、どこ吹く風というふうに首を振る。

「いやいや、だって疑われても仕方がないでしょう。なにしろ我が家には王女を暗殺する動機がある。シャルギアのお姫様が身罷《みまか》れば、ペルが殿下の正妃になる可能性が復活しますからね」

「兄上……！」

ペルニーレが、ギョッとしたようにヴァルデマールを睨《にら》みつけた。ヴァルデマールの言葉が、冗談では済まない類のものだったからである。

事実、皇太子《アリオール》とティシナ王女との政略結婚がなければ、ペルニーレが皇太子の婚約者候補から外されることはなかった。ペルニーレは、ティシナ王女が死ぬことで利益を得る人間の一人なのだ。

「落ち着け、ペル。このまま北侯家《うち》がなにもしなければ、そういう口さがない噂《うわさ》を言いふらす奴《やつ》らが現れかねないという話だ」

ヴァルデマールが、気色ばむ妹をからかうように笑った。

フレデリクが、冷え冷えとした眼差《まなざ》しで息子を睨《にら》む。

「貴様はなにか言いたいのだ、ヴァル？」

「そうなる前に噂《うわさ》の元を絶つのはどうです？　北侯家《うち》が疑われる原因は、ペルの嫁ぎ先が決まってないからでしょう。つまりペルに相手がいれば、濡《ぬ》れ衣《ぎぬ》を着せられる心配はないわけだ」

ヴァルデマールが、人々の反応をうかがうように周囲を見回した。

彼の提案を聞いた人々の表情には、一様に納得の色が広がっている。

「相手はどうする。心当たりでもあるのか」

「そこにちょうどいいのがいるじゃないですか。なあ、ターリオン卿《きょう》」

フレデリクの疑問に、ヴァルデマールは待ちかねたとばかりにラスを見た。

唐突に周りの視線を集めたラスは、思わず口に含んでいたワインを噴き出しそうになる。

「極東伯家の息子なら、家格は充分。見てくれだって悪くない。おまけに龍殺しという箔《はく》までついてくる。北侯家にとっても悪い縁組みじゃないでしょう？」

ヴァルデマールが、悪い笑みを浮かべながらまくし立てる。

ラスは慌てて彼の言葉を遮った。

「ちょっと待った、待ってください。俺は、二年間も娼館《しょうかん》に入り浸っていたという悪名高い男ですよ。ペルニーレ嬢のお相手なんて、とても務まりませんよ。彼女の名前に傷がつきます」

「きみのいう娼館《しょうかん》というのは、黒の剣聖が営む店のことかな」

フレデリクが厳かな口調でラスに問いかける。ラスは驚いて北侯を見返した。

「……なぜそれを？」

「私は陛下の護衛として、フォン・シジェルがラギリア砂海で砂龍を殺す現場に居合わせたのだ。彼女が娼館《しょうかん》の営業許可を陛下に求めたことも知っている。あの店の娼婦《しょうふ》たちの正体が、魔獣狩り専門の傭兵《ようへい》ということもな」

北侯の告白に、ラスは無言で目を見張った。

アルギル皇帝ウラガンと、北侯フレデリクはほぼ同世代。二十七年前の戦争で、彼らが同じ戦場に立っていたとしても不思議はない。黒の剣聖フォン・シジェルと、皇帝の密約を知る機会があったということだ。

「そもそも未婚の兵士が娼館通《しょうかんがよ》いをしていたからといって、文句を言われるようなことではないでしょうよ。妻がいながら、愛人を何人も囲っている貴族に比べればずいぶんマシだ。あ、いや、自己弁護のつもりはありませんがね」

ヴァルデマールが、軽薄な口調でラスを擁護した。知らないうちにペルニーレとラスの婚約が、祝福されるべき慶事のような流れになっている。ラスとしてはありがたくない状況だ。

驚いたことにフレデリクまでもが、ヴァルデマールの提案に一考する素振りを見せている。

「ペルニーレの嫁ぎ先としては、たしかに悪くないかもしれんな。四侯三伯の縁者同士の婚姻には、陛下の許可が必要だがな」

「それについてはアリオール殿下に、口添えをお願いすればよろしいのでは？」

それまで黙って成り行きを見ていたフィアールカに、ヴァルデマールが視線を向ける。

彼の立場では皇太子に直接話しかけることができないので、宴《うたげ》の主催者である父親を通じて、お伺いを立てるという恰好《かっこう》だ。

「きみの言い分はわかったよ、ヴァルデマール・グレイ卿《きょう》。しかし私の立場では、その頼みを聞くのは難しいな」

黒い仮面をつけたフィアールカが、男性の声でヴァルデマールに答える。

ヴァルデマールは顔を伏せて畏《かしこ》まりながら、慇懃《いんぎん》な口調で訊《き》き返《かえ》した。

「理由をお聞かせいただいても？」

「私がペルニーレ嬢に肩入れしてしまうと、そこにいるカナレイカの恋路を邪魔することになってしまうからね」

フィアールカが、意味ありげに目を細めながらカナレイカを指し示した。

「で、殿下……こ、こ、恋路など……私は、決してそのようなつもりでは……」

いきなり注目を集めたカナレイカが、可哀想《かわいそう》なほどにうろたえる。

もちろんフィアールカも、カナレイカがラスを本気で慕っているなどと思っているわけではないだろう。ラスに多少の好意を抱いているとしても、それは恋愛感情と呼べるようなものではない。しかし、この場を切り抜けるための口実としては、その多少の好意とやらで充分なのだ。

相変わらずの性格の悪さだな、とラスは腹黒皇女を半眼で睨《ね》めつける。

「まあ、そんなわけで、ひとつ余興はいかがだろうか、バーンディ侯」

「余興、ですか?」

「剣で決着をつけるというのはどうかな。ペルニーレ嬢は煉術使《れんじゅつつか》いで剣士ではないから、グレイ卿《きょう》に代理人になってもらおう。あくまでも余興の範囲ということで、血なまぐさい決着はなしで頼むよ」

フィアールカの唐突な提案に、フレデリクは沈黙した。

その決闘がもたらす利益と損失を、素早く計算しているのだろう。

しかし宴《うたげ》の主催者としては、皇太子の誘いを断るという選択肢はない。フィアールカの提案に乗れば、北侯家がティシナ王女の暗殺に関与したという噂《うわさ》は確実に払拭《ふっしょく》できるし、余興としても確実に盛り上がる。フレデリクとしては利の多い話だ。

「グレイ卿《きょう》が勝てば、陛下がラスとペルニーレ嬢の婚約を認めるように計らおう。カナレイカが勝った場合は、グレイ卿《きょう》には私の頼みをひとつ聞いてもらう。それでどうかな?」

「ふむ……どうする、ヴァル?」

フレデリクは、息子に意見を求めた。

この決闘で北侯家にリスクがあるとすれば、それはヴァルデマールが手痛い敗北をするという可能性だ。北侯軍の副師団長である彼が、手も足も出ないままカナレイカに負けるようなことがあれば、本人の名誉だけでなく、軍そのものの評価が傷つくことになる。

「いいですね。近衛師団《このえしだん》最強と呼ばれるカナレイカ嬢なら、相手にとって不足はない。この会場にいる皆様の、いい土産話になるでしょう」

しかしヴァルデマールは、そう言って自信ありげに微笑《ほほえ》んだ。

その結果、カナレイカとヴァルデマールの決闘が、余興として急遽《きゅうきょ》執り行われることになったのだった。

6

夕食会に招かれていた人々が、ぞろぞろと連れだって領主館の中庭へと移動する。

宴《うたげ》の主催者である北侯バーンディが用意した余興。北侯軍の副師団長であるヴァルデマール・グレイ・バーンディと、皇宮近衛連隊長《こうぐうこのえれんたいちょう》カナレイカ・アルアーシュの模擬戦を見るためである。

皇都でも滅多に見られない好カードだけあって、観客たちの瞳は期待に満ちあふれている。

そんな中、心労でやつれたような表情を浮かべた青年がいた。ラスだ。

「どういうつもりだ、フィアールカ」

咎《とが》めるようなラスの視線を、黒い仮面で顔を隠したフィアールカは平然と受け止める。

「きみが巻きこまれた問題を、穏便な形でまとめてあげたんだろう？　もう少し感謝して欲しいね。それとも本気でペルと結婚したかったのかい？」

「バーンディ侯も、本気で俺に娘を嫁がせるつもりはなかったさ。北侯家がシャルギアの王女に暗殺者を差し向けたって噂《うわさ》が消えるまでの時間稼ぎだろ。極東の種馬《ザ・スタリオン》相手の婚約が解消されたからって、ペルの評判が悪くなることもないだろうしな」

「それはどうかな。きみは昔から自分の価値に無頓着なところがあるよね」

フィアールカが、なぜか拗《す》ねたように唇を尖《とが》らせた。

「まあ、どちらにしてもきみがグレイ卿《きょう》に勝てば済む話だけど。いけそうかい、カナレイカ？」

「問題ありません」

深紅のドレス姿のカナレイカが、いつもの生真面目な口調で皇女に答える。

彼女が握っているのは訓練用の石剣。防具の類は身につけていない。刃を潰してあるとはいえ、煉騎士《れんきし》が励起した石剣を振るえば、鎧《よろい》など容易《たやす》く粉砕する。生半可な防具は無意味どころか、邪魔なのだ。

「気をつけろ、カナレイカ。南大陸に留学していたきみは知らないかもしれないが、グレイ卿《きょう》――ヴァル先輩は、六年前の皇都学生剣術大会の優勝者だ」

「学生剣術大会、ですか？」

ラスの忠告を聞いたカナレイカが、ピンとこないというふうに目を瞬《まばた》いた。

言葉足らずなラスの代わりに、フィアールカが補足する。

「つまりね、六年前の時点では、ラスよりも彼のほうが強かったということだよ」

「それは、油断できませんね」

さすがに危機感を覚えたのか、カナレイカが表情を引き締めた。

六年前ということは、当時のラスは十五歳。彼よりも二歳年上のヴァルデマールは十七か。

体格と経験の差があるとはいえ、十五歳時点のラスよりも上というだけで、ヴァルデマールの実力が相当なものだということは想像できる。そして現在のヴァルデマールは、当然そのころよりも強くなっているだろう。

「さて、そろそろ準備はいいかな、カナレイカ嬢。殿下、始まりの合図をお願いします」

中庭の中央に歩み出たカナレイカを、ヴァルデマールは先に来て待っていた。

彼の得物は剣だった。背負った鞘《さや》の長さから、カナレイカは長剣だと予想したが、実際に彼が構えていたのは、やや短めの片手剣だ。

「それではお互い、あまり熱くなりすぎないようにね——双方《ラッサンブレ》、礼《サリユーエ》！」

二人の中央に立って、フィアールカが号令をかける。

カナレイカの全身に煉気《れんき》が漲《みなぎ》り、深紅の輝きが石剣を包んだ。無駄のないカナレイカの構えを見て、ヴァルデマールが感心したように目を細める。

「構《ブレ》え！　開始《アレ》！」

審判であるフィアールカの合図とともに、カナレイカの身体《からだ》がふわりと舞った。

カナレイカが得意とするのは細剣。特に突き技を主体とした一撃離脱戦法だ。

しかしその動きは、決して直線的なものではない。華麗なステップと回転を取り入れた幻惑的な体捌《たいさば》きは、まるで優雅な剣舞のようである。

束ねた長髪とドレスの裾が翻《ひるがえ》り、夜空に美しい残像を残す。

そんな彼女の姿に観客たちはたちまち目を奪われた。

「ははっ、これが噂《うわさ》に聞くキデアの剣術か。速いな。これではそこらの兵士では相手になるまい」

信じられない速度の連続攻撃に、ヴァルデマールはたまらず守勢に回る。

間合いを測りにくいカナレイカの突き技を、完全に回避するのは不可能だ。ヴァルデマールは早々によけるのを諦め、剣による防御に専念する。

しかし彼の表情に、焦《あせ》りはなかった。むしろ喜色すら浮かんでいる。

「ならば、こちらも少し本気でやらせてもらうぞ、カナレイカ嬢！」

ヴァルデマールの左手からも深紅の光条が放たれて、それまで攻勢だったカナレイカが初めて防御に転じた。青年の左手に握られているのは、右手の片手剣と対になる新たな短剣。

彼が背負っていた鞘《さや》の中には、もう一振りの剣が隠されていたのだ。

「これは……双剣術ですか……」

「抗争の絶えない家柄だったせいか、北侯家は伝統的に対人戦闘を重視していてね。暗殺特化とまではいわないが、魔獣退治よりは決闘向きなんだ。スピード勝負は望むところさ」

ヴァルデマールが、微笑《ほほえ》みながら前に足を踏み出した。

それを迎撃しようとしたカナレイカの剣は、青年の左手の短剣に阻《はば》まれる。

細剣によるカナレイカの突きは速いが、軽い。体格で勝るヴァルデマールなら、片手で弾《はじ》くのも不可能ではない。そして手数で勝るヴァルデマールの攻撃は、速度でもカナレイカを圧倒していた。カナレイカが防御に回る時間が確実に増えていき、彼女の表情が焦《あせ》りに歪《ゆが》む。

「くっ……！」

「よく凌《しの》ぐな。近衛師団《このえしだん》最強の肩書きは伊達《だて》ではないか……！　だが、これならどうだ!?」

双剣による連続攻撃の圧に耐えかねて、カナレイカの足が一瞬止まった。

その瞬間を見逃すことなく、ヴァルデマールは両腕を交差させ、煉《ね》り上《あ》げた体内の煉気《れんき》を双剣に乗せて一気に解き放った。それに気づいたカナレイカの表情が凍りつき、そんな彼女の全身を巻き起こる爆煙が覆い尽くす。

「超級剣技《オーバーアーツ》だと!?」

「ラス！」

「ちっ！」

ヴァルデマールの攻撃に反応できたのは、フレデリクとフィアールカ、そしてラスの三人だけだった。模擬戦を見守る観客たちの前にフィアールカが氷の壁を張り巡らせ、それでも防げなかった流れ弾を抜刀したラスが撃ち落とす。

ヴァルデマールが放ったのは、煉気《れんき》を刃に乗せて放つ飛ぶ斬撃だ。

散弾のように放たれた煉気《れんき》の刃は扇状に広がって、半径七、八メートルの広範囲にランダムに着弾する。龍を殺すために特化したラスの剣技とは根本的に異なる、対人用の超級剣技《オーバーアーツ》。動きの速い相手の足を止めるためだけの無差別攻撃である。

「やり過ぎだ、ヴァル！　ここがどういう場所かわかっているのか⁉」

フレデリクが荒々しく息子を叱責した。フィアールカとラスの機転がなかったら、大勢の観客が巻きこまれて負傷していたのだから、宴《うたげ》の主催者である彼が憤《いきどお》るのも当然だ。

しかし肝心のヴァルデマールは、父親の怒声を意にも介していなかった。それどころではなかったのだ。

「おいおい……嘘《うそ》だろ……無傷だと⁉」

双剣を構え直しながら、ヴァルデマールが驚愕《きょうがく》の表情で立ち尽くす。

爆煙が晴れた中庭にはドレスをまとった長身の美女が、月明かりを浴びて立っている。ヴァルデマールの超級剣技《オーバーアーツ》の爆心地にいながら、カナレイカの肌には傷一つない。

無差別に放たれた飛ぶ斬撃を、彼女は完全に防いでみせたのだ。

「いえ。借り物のドレスを傷つけてしまいました。私もまだ未熟なようです」

深紅のドレスの裾が大きく裂けて、彼女のすらりとした脚が太股《ふともも》近くまで露《あら》わになっている。

それを恥ずかしがる素振りも見せず、カナレイカは小さく溜息《ためいき》をついた。

彼女にしてみれば、飛ぶ斬撃を防ぐのは当たり前のこと。翻《ひるがえ》るドレスの裾まで気が回らなかったことで、むしろ落ちこんですらいるらしい。

「それに気づかせていただいた礼として、私も少し本気を出させてもらいます」

カナレイカが、構え直した剣先をヴァルデマールに向けた。

彼女の凜《りん》とした眼差《まなざ》しに射貫《いぬ》かれて、北侯の息子が歓喜の笑みを浮かべる。

「面白い！　気に入ったぞ、カナレイカ嬢！　この勝負が終わったら、君に求婚させてもらおう！」

ヴァルデマールが地面を蹴りつけて、宙に舞った。

双剣の強みは、回転の速さによる圧倒的な手数の多さ。それを最大限に活《い》かせるのは、相手の懐《ふところ》に入りこんでの超近接戦闘である。

これまでそれを避けてきたのは、手加減するのが困難だからだ。わずか数センチの間合いで放たれる煉騎士《れんきし》の攻撃は、ミリ単位の誤差で相手に致命傷を与えかねない。一見すると危険に思えた超級剣技《オーバーアーツ》は、むしろヴァルデマールなりの優しさだったのだ。だが——

本気を出したはずのヴァルデマールの視界から、カナレイカの姿がかき消える。

「光栄ですが、お断りします」

氷のように冷ややかな声が、ヴァルデマールの背後から聞こえた。

思えばカナレイカ・アルアーシュは、最初から素晴らしい足捌《あしさば》きを見せていた。まるで彼女の技術の優秀さを、ヴァルデマールに見せつけるかのように。

だからヴァルデマールは、それが彼女の限界だと錯覚した。否、錯覚させられたのだ。手の内を見せなかったのは、彼女も同じ。手加減されていたのは、ヴァルデマールのほうだ。

「私は、自分より弱い殿方に興味はありませんので――」

「……は？」

本気を出したカナレイカの動きを、ヴァルデマールはとらえきれなかった。

気づくとヴァルデマールは地面に転がり、首筋に剣を突きつけられている。

固唾を呑《の》んで勝負を見守る観客たちですら、なにが起きたのかわからなかったのだろう。彼らはしばらくの間、水を打ったように静まりかえり、たっぷり十秒以上が経《た》ってから静かなどよめきが広がった。それはやがて大きな歓声へと変わっていく。

「まだ、やりますか？　グレイ卿《きょう》？」

「いや、降参する。俺の負けだ」

剣を突きつけたまま微動だにしないカナレイカの前で、ヴァルデマールは大人しく両手を上げた。カナレイカが静かに剣を下ろし、倒れたままのヴァルデマールに手を伸ばす。

「参ったな。本気で惚《ほ》れそうだ」

「そうですか。近づかないでください。邪魔なので」

ハグを求めるヴァルデマールをするりとかわして、カナレイカはラスたちのほうへと戻っていく。

代わりに前に出たのは、フィアールカだった。

「これで決まりだね、ヴァルデマール・グレイ。ラスとペルニーレ嬢の婚約はなしだ。バーンディ侯もそれでいいかい?」

「もちろんです、殿下」

フレデリクが重々しく礼をする。

彼にとっては、最初から模擬戦の勝敗など問題ではなかった。夕食会の参加者たちは余興に満足し、北侯家が隣国の王女暗殺に関与したという噂《うわさ》は信憑性《しんぴょうせい》を失った。敗北したとはいえ、ヴァルデマールは充分に実力を示したし、たいした怪我人《けがにん》も出ていない。結果だけみれば上々だ。

そしてフィアールカたちにも得るものがなかったわけではない。

「それからグレイ卿《きょう》は、私の頼みをひとつ聞いてもらう約束だったたね」

「ああ、そうでしたね。なんなりとご用命ください」

フィアールカに呼びかけられたヴァルデマールが、いちおう貴族らしく姿勢を正す。

「では、きみには我が使節団に同行して、シャルギア王国ティシナ第四王女の暗殺阻止に協力してもらいたい。要は王国に潜伏中の皇国の暗殺者を捕縛しろ、ということだね」

「――暗殺者の捕縛、ですか」

ヴァルデマールが、ぽかんとした顔でフィアールカを見返した。意外な要求だと感じたのだろう。

「きみが王女暗殺を阻止すれば、北侯家が暗殺を企てた、などという無根拠な噂《うわさ》が出回ることもないだろう。妹君の名誉も守られる。どうかな？」

「謹んで拝命いたします」

「ありがとう。よろしく頼むよ」

ヴァルデマールが納得したように敬礼し、フィアールカも満足そうにうなずいた。

「最初から、これが目的だったのか？」

ラスが小声でフィアールカに訊《き》く。

士官学校の先輩後輩ということで、ラスはヴァルデマールの性格をよく知っている。

彼はどちらかといえば不真面目な生徒だったが、人心掌握と情報収集においては非凡な才能を持っていた。おまけに北侯領との交易を通じて、シャルギア王国の事情にも通じている。暗殺者の捜索を手伝わせるには、もってこいの人材だといえるだろう。

どこまで計算ずくなのか、と疑うラスを、フィアールカは不機嫌そうに睨《にら》み返《かえ》す。

「そんなわけないでしょう。どうにかバーンディ侯の顔を立てつつ、ペルの婚約を阻止するための苦肉の策だよ。そもそもきみが騒ぎを起こしたのが原因なんだからね」

「カナレイカが負けたらどうするつもりだったんだ？」

「ああ、それはないよ。ヴァル先輩も、途中で私の思惑に気づいてたみたいだしね」

ラスの疑問に、フィアールカがあっけらかんと答えた。

ぎょっとして振り向くラスと目を合わせ、ヴァルデマールがニヤリと笑ってみせる。

「喰《く》えない人だな」

ラスが疲れたように小さく独りごちる。

そのすぐ横ではカナレイカが、ボロボロになったドレスの裾を少し悲しそうに見つめていた。

第二章 種馬騎士、悪役王女とお出かけする

1

　シャルギア王国の狩竜機部隊《シャスールぶたい》に先導されて、アルギル皇国の艦隊は、王都バーラマの郊外に錨泊《びょうはく》した。

　そこから小型の輸送車両《カミオン》に乗り換えて、ラスたちはシャルギアの王都に入る。

　皇太子アリオール・レフ・アルゲンテアのために、シャルギア王国が用意した宿舎は、王都北部にある離宮だった。離宮の主《あるじ》は、シャルギア王国の第四王女——ティシナ・ルーメディエン・シャルギアーナである。

「ふふん、なかなかいい部屋だね。さすが芸術の王国だ」

　皇国使節団にあてがわれた部屋を見回して、フィアールカが案内役の侍女たちに礼を言う。

　侍女たちは安堵《あんど》したように頭を下げて、頬を赤く染めながら部屋を退出した。

男装時のフィアールカは、まるで幼子の夢から抜け出してきたような美形なのである。それは無骨な仮面で顔の半分を隠していても変わらない。

見目麗《みめうるわ》しく、下々の者にも優しい理想の皇子。おそらく今夜には、そんな噂《うわさ》が離宮全体に広まっていることだろう。

もちろんフィアールカが、そのような役柄を計算ずくで演じているのは間違いない。ティシナ王女との婚姻を、少しでも有利に進めるためだ。

「リトーの乗組員と兵士の半数は、非常時に備えて艦に待機させます。残りは休暇ということでよろしいですね？」

「いちおう視察という名目でお願いするよ。なるべく揉《も》め事《ごと》を起こさないようにね」

皇太子の王国訪問に同行したのは、中央統合軍《セントラル》の第一師団だった。師団長であるアダムクス伯爵に、フィアールカが指示を出す。

武勇一辺倒のハンラハン第二師団長に対して、アダムクスは政治に長《た》けた軍人だといわれている。今回のような任務においては、適切な人選だといえるだろう。

「アルコル伯は外務の官僚を使って情報収集を頼むよ。シャルギア本国だけでなく、東の属国の情勢も調べて欲しい。特にルーメドの内情だ」

「承知しました」

「商務局はオズ子爵を中心に、王国内の商業流通の調査を。穀物の関税優遇を餌にしていいから、商人たちの持ってる情報を引き出しておいて」

「お任せを」

その後もフィアールカは官僚たちに次々に仕事を割り振り、彼らを送り出していく。

最後に部屋に残ったのはラスとカナレイカ、そしてヴァルデマールだった。

「それで、俺はなにをすればいいんだ、殿下？」

皇太子の執務風景をものめずらしげに眺めていたヴァルデマールが、軽薄な笑みを浮かべて訊《き》いた。

そんな彼にフィアールカは、小さな布袋を放った。それを受け取ったヴァルデマールが、布袋の意外な重さに眉をひそめる。

「これは？」

「二十フルーア入ってる。グレイ卿《きょう》――いや、ヴァル先輩はそれを使って暗殺者の情報を集めて欲しい。やり方は任せるよ」

「フルーア大金貨二十枚かよ。さすが皇族、太っ腹だな。うちのケチ親父《おやじ》とは大違いだ」

ヴァルデマールが顔を引《ひ》き攣《つ》らせて呟《つぶや》いた。

フルーア大金貨一枚は、通常の金貨十枚に相当する。下級兵士一年分の俸給に相当するのが、金貨五枚。高給取りで知られる近衛衛士《このええじ》でも、せいぜい金貨二十枚。二フルーアだ。つまりこの小袋の中身だけで、カナレイカ級の煉騎士《れんきし》が十人雇える計算になる。

「連絡役として、銀の牙の密偵を一人つけるよ。緊急の場合は、彼の指示に従って」

「了解だ、殿下。どうせ、俺にも監視がついてるんだろ。せいぜいカナレイカちゃんにいいところを見せるとするさ」

ヴァルデマールが楽しげな口調で言った。

彼が北侯領から連れてきた手勢は六人ほど。金持ちのボンボンの遊び仲間という印象だが、主人に似て、いかにも目端が利《き》きそうな雰囲気があった。頭の固い官僚や軍人よりは情報収集に向いているのだろうが、どこまで期待できるかは未知数だ。

「──本当によろしかったのですか、あのような男に暗殺者の捜索を任せて」

ヴァルデマールが出て行った扉を睨《にら》んで、カナレイカがムッとしたような口調で言う。馴《な》れ馴《な》れしくつきまとわれているせいか、ヴァルデマールに対してあまりいい印象は持ってないらしい。

「いいんだよ。多少派手に金をばらまいて目立ってくれるだけで、先輩の役目は充分だ」

「どういう意味だ？　ヴァル先輩を囮《おとり》にしたのか？」

ラスが怪訝《けげん》な口調で訊《き》き返《かえ》す。仮面をつけたままのフィアールカが、悪戯《いたずら》っぽく目を細めた。

「きみが言ったことでしょう。未来を知ってる相手に駆け引きで勝てるわけがないって。だからね、引っかき回すことにした。盤面を複雑化させて、ティシナ王女が知らない未来に誘導するんだよ」

「普通じゃないやり方ってのは、このことか」

「そう。本来の歴史の流れでは、ヴァル先輩はここにいるはずではない人間だ。彼が好き勝手に動いてくれるだけで、ティシナ王女の負担は増大する。案外早い段階で、ボロを出してくれるかもしれないよ」

天使のように美しい表情で、フィアールカが邪悪な考えを口にする。

ラスは内心で呆《あき》れながら嘆息し、

「未来に影響が出たとして、俺たちにとって有利に働くとは限らないだろ」

「そうだね。でも、相手だけが有利な盤面で戦うよりはマシかな」

「まあな」

「それにティシナ王女にも弱点があってね。こちらにも有利な条件がある」

「なんだ、それは?」

「手札の数だよ。王女の武器は情報だ。情報というのは、知ってる人間が少なければ少ないほど価値が出る。つまり彼女は、自分の手駒となる人材を増やせない」

「だからヴァル先輩を引きずりこんだのか……!」

フィアールカの真意を理解して、ラスは呻《うめ》いた。

未来を見通すティシナに対して、自分で判断して動ける手駒の数がフィアールカの武器だ。

だからフィアールカは、重要機密であるはずの暗殺者の存在を北侯に明かし、ヴァルデマールという人材を引き入れた。

士官学校時代の先輩である彼の人格と能力を、ラスたちはよく知っている。

しかしティシナは、彼の存在を知らない。北侯軍の士官である彼は、普通なら、フィアールカの部下になることはないからだ。

「イレギュラーなのは先輩だけじゃないよ。私たちは、すでに王女が未来を知っていることを知っている。彼女はその対策も必要になるはずだ」

「情報を共有している人間が増えれば増えるほど、俺たちが有利になるってわけか」

「そういうこと。ついでだから、彼女にも伝えておこうか」

「彼女？」

フィアールカの視線を追って背後を振り返り、そこでラスは表情を凍らせた。離宮の侍女に連れられて入ってきたのは、本来のフィアールカによく似た銀髪の美しい女性だったからだ。

「エ……エルミラ？」

彼女がまとう怒気に気づいて、ラスが声を震わせた。煉術《れんじゅつ》で色を変えた菫色《すみれいろ》の瞳が、うっすらと殺意すら漂わせている。

エルミラ・アルマスは銀の牙所属の密偵。前回ラスに同行してシャルギアに入国し、皇国からの暗殺者の捜索に当たっていた。しかしティシナ王女の命令で、ラスは皇国に追い返され、結果的にエルミラは一人で王都に残っていたはずだ。

そのエルミラが、主人であるフィアールカへの挨拶も忘れて、なぜかラスに歩み寄ってくる。

そして彼女はグッと左右の拳を握りしめると、

「ターリオン卿《きょう》。私は今からあなたを殴ります！」

「は？」

「どうして、あなたは、なにも言わずに、私を置いて帰国してるんですかっ⁉　あなたが龍と戦ったという噂《うわさ》も流れてきて、私がどれだけ心配したと思ってっ！」

「ま、待て待て、エルミラ・アルマス」

ぽかぽかと殴ってくるエルミラの握りこぶしを、ラスは呆然《ぼうぜん》と受け止める。

その様子を唖然《あぜん》と見つめているのはカナレイカだ。いつも冷静沈着なエルミラが、こんなにも感情を剝《む》き出《だ》しにしている姿を見たのは初めてなのだろう。

「心配をかけたのは謝るけど、こちらにも事情が――」

「は――っ⁉　心配⁉　私があなたのことなんかを心配するわけないでしょう⁉」

「いや、でも心配したって、今――」

「で、殿下からの命令を達成できるかどうかを心配したんです！」

「まあ、たしかに、きみのことを忘れていたのは悪いと思うが」

「忘れてた⁉　忘れてたんですか、私のことを⁉」

「銀の牙経由で状況は伝えてあっただろ……⁉」

「皇国から王国まで手紙が届くのに何日かかると思ってるんですかっ⁉」

エルミラの拳をみぞおちに喰《く》らって、ラスが、ぐお、と低く呻《うめ》いた。

悪意をもって攻撃されたのなら、どうとでもあしらうことができるラスだが、わざわざ殴ると宣言した上で殴ってくるエルミラに、どう対処すればいいのかわからない。

一週間以上も放置された怒りを八つ当たりぎみにぶつけてくるエルミラに、ラスは殴られるままになっている。

それを見たフィアールカは肩を震わせながら必死で笑いを噛《か》み殺《ころ》し、エルミラを案内してきた王国の侍女たちは、ただ呆然《ぼうぜん》と立ち尽くすのだった。

2

「──ようこそ、アリオール・レフ・アルゲンテア皇子。歓迎しよう。王都の印象はどうかね」

シャルギア王宮の謁見室。玉座に座る男が、アルギル皇国の皇太子へと呼びかける。

「噂《うわさ》以上に美しい街で驚きました。街の人々にも活気がありますね。陛下の治世が優れている証左でありましょう」

「賢君として名高きアルギル皇帝のご子息の言葉だ。世辞とわかっていても嬉《うれ》しいものだな」

シャルギア国王マリヤン六世は、ふくよかで温和な印象の王だった。

彼の隣に座っているのは、ほっそりとした金髪の女性。森人《エルフ》の血を引くと噂《うわさ》される美貌は年齢を感じさせず、それでいて匂い立つような色気を漂わせている。

彼女の名前はマーヤ・ルーメディエン・シャルギアーナ。シャルギア国王の第五妃だ。

「その仮面は、顔の傷を隠すためのものと聞いたが、事実か？」

「真《まこと》にございます。お見苦しい姿を晒《さら》して恐縮の至り」

皇太子を演じるフィアールカは、シャルギア王の前で片膝を突いていた。

アルギル皇帝の名代として王国を訪問しているフィアールカの立場は、シャルギア王と対等であり、本来ならばこうして遜《へりくだ》る必要はない。しかしこの非公式の謁見においては、あえて王に敬意を示している。この場におけるフィアールカは、アルギル皇国の代表ではなく、ティシナ王女の婚約者という立ち位置だからだ。

「なんの。戦場で受けた傷は武人の誉れであろう」

「寛大なお言葉を賜り、幸いです。実はこの仮面、貴国の職人を招いて作らせたものでして――」

「ほう。それは我らとしても鼻が高いな」

シャルギア王との謁見は、雑談をまじえた和やかな雰囲気で進んでいく。

護衛の兵士たちを除けば、謁見室にいるのは国王と王妃、そしてフィアールカとラスだけだ。

アルギル皇国において宰相と同格という筆頭皇宮衛士《ガード・オブ・シルバー》の肩書きは、こうした外交の場においてこそ役に立つ。単なる護衛では同席できない他国の王との謁見にも、堂々とついていくことができるだからだ。

「さて、アリオール皇子よ。其方《そなた》が、我が娘ティシナの願いを聞き入れて、王国への訪問を早めてくれたことにあらためて礼を言う」

シャルギア王の何気ない言葉に、フィアールカは小さく眉を動かした。

他国の皇族が訪問予定日を繰り上げるのは、実のところ受け入れ側にとっては迷惑でしかない。護衛や接待の計画に大幅な変更が必要になるし、そのぶん費用もかさむからだ。

フィアールカはそれを承知の上で予定の変更を強行したし、滞在費用の補塡すら覚悟していた。

しかしシャルギア国内では、アルギル皇太子の訪問日程変更は、ティシナの我《わ》が儘《まま》が原因だと認識されているらしい。

当然、単なる誤解ではないだろう。そう思われるように仕組んだ人間がいるのだ。

「我らが同盟会議の開催までの間、ティシナを貴殿の世話役としてつけよう。実り多き時間を過ごしてくれることを期待する」

「ご厚情に感謝します、陛下」

フィアールカは深々と頭を下げた。

シャルギア王は上機嫌のまま退室し、そのあとをマーヤ王妃がついていく。

部屋を出る直前、王妃は振り返ってフィアールカをじっと見た。そして口元にかすかな微笑《ほほえ》みを浮かべ、長い金髪を揺らして去っていく。

謁見を無事に終えたフィアールカが立ち上がるのを待って、ラスはふうと息を吐いた。

シャルギア王は、噂《うわさ》どおり温厚で公正だが、あまり印象に残らない王だった。存在感があったのは、無言で隣に寄り添う王妃のほうだ。

「あれがルーメド国から来たという第五妃か。優しげで綺麗《きれい》な方だったたな」

「優しげ？　あれが本当にそう見えているのなら、極東の種馬《ザ・スタリオン》とやらもずいぶん甘っちょろいね。あの王妃の目は、巣に飛びこんで来た獲物を値踏みする毒蜘蛛《どくぐも》の目だよ」

フィアールカが、小声でラスに反論する。

思いがけず辛辣な彼女の評価に、ラスは少し驚いた。

「手厳しいな。もしかして同類嫌悪《どうるいけんお》か？」

「私とあの毒婦のどこが似てるって？」

「被《かぶ》ってる猫の皮の厚みかな」

軽口を叩《たた》くラスを睨《にら》んで、フィアールカは本気で嫌そうな顔をした。ラスには理解できなかったが、マーヤ王妃に対するフィアールカの印象は、あまりいいものではなかったらしい。

このままいくと王妃はフィアールカの義理の母親になる可能性が高いのだが、大丈夫なのか、とラスは不安になる。

王宮の兵士に案内されて、ラスとフィアールカは控え室へと向かった。

非公式の謁見ということもあって、このあとの予定は入っていない。ラスたちは、なるべく人目につかないように王宮側が手配した車に乗って、滞在先の離宮に戻る手筈《てはず》になっている。

だが、用意された控え室には、先客がいた。

輝くような金髪を持つ美しい女性。雪の結晶を思わせる、儚《はかな》くも可憐《かれん》な容姿の持ち主である。

「――ご機嫌よう、アリオール殿下。ティシナ・ルーメディエン・シャルギアーナと申します」

シャルギアの王女が、完璧な淑女の礼をアルギル皇国の皇太子に向けた。

控えめでありながら、どこか挑発的な仕草である。

「アリオール・レフ・アルゲンテアです。〝静寂の白〟と名高きティシナ殿下のご尊顔を拝したこと、恐悦至極。噂《うわさ》以上の美貌に感服いたしました」

男装したフィアールカが姿勢を正し、皇太子としての礼を返す。

それだけで、広々とした控え室の中の空気がなぜか張り詰め、見えない火花が散るような気配があった。そのただならぬ雰囲気に、護衛の兵士たちが表情を凍らせる。

「身に余るお言葉に感謝いたします。ですが、私の容姿など、アルギル皇国の〝銀の花〟には遠く及びませんわ。ああ、彼女はもう亡《な》くなってしまわれたんでしたわね」

微笑《ほほえ》むティシナの言葉を聞いて、部屋にいた侍女たちが青ざめた。

アルギル皇国の銀の花とは、すでに故人である皇女フィアールカの尊称だ。二年前に死んだ彼女の名前を、ティシナは、皇女の双子の兄である皇太子にわざわざ仄《ほの》めかしたのだ。

普通に考えれば、それは単なる無思慮な振る舞いか、あるいは意図的な侮辱ということになるだろう。

だが、皇太子アリオールの正体を知るラスたちにとっては、ティシナの言葉は別の意味を持つ。

自分はおまえの正体に気づいているぞ、というフィアールカに対する警告にも思えるからだ。

「そちらの煉騎士《れんきし》様も、初めましてですね」

フィアールカと睨《にら》み合《あ》っていたティシナが、ふと視線を逸《そ》らしてラスを見た。その瞳に浮かんでいたのは、どこか拗《す》ねたような非難の色だ。

「ラス・ターリオン・ヴェレディカです、ティシナ王女殿下」

「ティシナで結構ですよ、ラス様」

素知らぬ顔で名乗るラスに、ティシナは親しげに微笑《ほほえ》みかけた。

「ふふっ、つい先日、あなたによく似た方を国外退去処分にしたのですが、まさか十日も経《た》ずに舞い戻ってくるなんてことはありませんわよね」

「残念ですが、心当たりはありませんね。自分のような善人を追い出すとしたら、それは殿下とは似ても似つかぬ悪役のような王女だけでしょうから」

「あら、それでは私の勘違いだったようです」

ティシナが澄ました口調で言う。

なんで戻ってきたの、というティシナの言外の抗議に対して、ラスがとぼけた恰好《かっこう》である。

表面上はにこやかな会話を繰り広げながら、妙な緊張感のあるラスたちの会話に、事情を知らない兵士や侍女たちは、困惑の色を隠せない。それでも彼らが黙っているのは、悪役王女と呼ばれるティシナの奇行にある程度慣れているからだろう。

「王女殿下。お車のご用意ができました」

「そう？　では、離宮までご案内しますわ、アリオール殿下」

「感謝する、ティシナ王女」

ティシナ王女に連れられて、フィアールカとラスは王宮の車寄せへと向かった。

皇国でも同じだが、都市の中で使用される車は、騎乗用の鳥に牽《ひ》かせた鵞車《がしゃ》である。輸送車《カミオン》に使われる煉核機関《コア》は大型でかつ高価なために、市街地での使用に向かないからだ。

しかしさすがに王家が使用する車両だけあって、車を牽《ひ》く鳥は類を見ないほど大きく、鵞車《がしゃ》本体も豪華である。

美しく飾り立てられた鵞車《がしゃ》の中に、ラスとフィアールカはティシナとともに乗りこんだ。

車内にいるのは三人だけ。密談には絶好の環境だ。

「――我々が王国への到着予定日を繰り上げたことを、ご自分の希望だと言ってくださったのはなぜです？」

車が動き出すのを待って、フィアールカが最初にティシナに尋ねた。

ティシナはおそらく気づいている。

一方で、ティシナはそれを邪魔だとも感じていたはずだ。なのになぜ彼女が便宜を図るのか、そのことをフィアールカは訝《いぶか》しんだのだ。

「さすがに少し気が咎《とが》めたのです」

ティシナが肩をすくめてさらりと言った。

彼女の意外な返答に、フィアールカがめずらしく戸惑いを見せる。

「気が咎《とが》めた？」

「アリオール殿下が王国への到着を急いだのは、私を皇国の暗殺者から守るためですね？」

「ええ」

「それが無駄足になるからです。暗殺者は、我々がもう捕らえました」

「なに……!?」

ティシナの衝撃的な告白に、ラスは思わず声を洩《も》らした。フィアールカも眉間にしわを刻む。

そんなラスたちの反応を見て、ティシナは満足げに口角を上げた。

「密入国を手引きする王国内の業者から密告があって、運良く捕縛することができました。要するに、味方に売られたんでしょうね。皇国内ではそれなりに名の通った暗殺者だそうですよ。黒梟《クロフクロウ》と呼ばれているとか」

「味方に売られた？」

ラスが困惑したように王女の言葉を繰り返す。

名うての暗殺者にしては、ずいぶんお粗末な失敗である。だが、慣れない異国での潜入工作だと思えば、あり得ないとは言い切れない。

「あなたの暗殺を依頼したのは誰だったんだ？」

「それは犯人も知らないそうです。ただ、皇国の北部にある犯罪結社に雇われたとか。闇蝶《エテルシア》という名前だそうですが、心当たりはありまして？」

「いや」

ラスはティシナに訊《き》き返《かえ》されて首を振る。

闇蝶《エテルシア》と呼ばれる暗殺組織の名は、銀の牙の報告にも上がっていた。つまりティシナが捕らえた暗殺者が、真実を語っている可能性は高い。

しかも暗殺組織の本拠地が皇国北部にあるというのは、銀の牙も知らない新しい情報だ。しかしラスの立場では、それを認めるわけにはいかない。

「まあ、不用意なことは言えませんよね」

ラスの葛藤を見透かしたように、ティシナがクスクスと声を上げて笑う。

「シャルギア王族の暗殺を企てた犯人ですから、身柄を皇国に引き渡すことはできません。ですが、牢獄《ろうごく》で面会するくらいは取り計らいますよ。犯人は、これまでに何人も皇国の貴族を手にかけたことがあると自供していますしね」

「それはぜひお願いするよ」

フィアールカはあっさりとティシナに頭を下げた。

利益のためなら意地を張ったり、無駄な対抗意識を燃やすようなことはない。そんなフィアールカの対応に、ティシナは少しやりにくそうな顔をする。

「わかりました。ですが、これでわかっていただけましたか。私があなた方を庇《かば》った理由は」

「そうだね。お気遣いに感謝するよ、ティシナ王女。だけど、我々の行動が無駄足になったと決めつけるのは早計じゃないかな」

「あら？　それはどういう意味でしょう？」

「皇国の犯罪結社が雇った暗殺者が、一組だけとは限らない。違うかい？」

フィアールカに正面から見つめられて、ティシナは居心地悪そうに目を逸《そ》らした。皇国の皇太子の言葉を否定する材料が、自分にはないと認めた形だ。

「余計なお世話、といってても納得していただけないのでしょうね」

「そうだね。きみに死なれるわけにはいかない」

不機嫌そうに頬を膨らますティシナに、フィアールカが宣言する。

ティシナはそんなフィアールカを迷惑そうに見つめていたが、ふとなにか思いついたように、瞳を輝かせてラスを見た。

「でしたら、あなたに守ってもらうわ、ラス様」

「俺に？」

王女に突然腕をつかまれて、ラスは不吉な予感に襲われる。

一方、ティシナは強引にラスを自分の隣に引き寄せた。そして年齢の割に豊かな胸を、ぐりぐりとラスの二の腕に押しつける。

「ええ。シュラムランド同盟会議が終わるまでの間、私は皇国最強の筆頭皇宮衛士《ガード・オブ・シルバー》と行動を共にします。それなら不満はないでしょう？」

「それはまずいだろう。未婚の王女が、異性の……それも他国の兵士を連れ歩くなんて……」

「私はべつに気にしないわ。王国側の人間にも口出しはさせない。それに、私とラス様が一緒にいるのは、あなた方にとっても都合がいいのではありませんか、ア、リ、オ、ー、ル殿下？」

ティシナが奇妙に思わせぶりな口調で、フィアールカに問いかけた。

一瞬、言葉に詰まったフィアールカを見て、ティシナは勝ち誇ったように不敵に笑う。

ラスに与えられた本当の役割は、ティシナを口説き落として恋仲になることだった。その目的を考えれば、ラスとティシナが一緒に行動するのは、むしろ願ってもない状況である。ティシナは、彼女が本来知るはずのないその事実を、自ら指摘してみせたのだ。

「その提案を受け入れよう、ティシナ・ルーメディエン・シャルギアーナ」

フィアールカが、感情のない静かな声で告げた。

煉術《れんじゅつ》で色を変えた彼女の瞳が、なぜか怒ったようにラスを睨《にら》んでいる。

「決まりですね、ラス様。さっそく今夜からよろしくお願いしますね」

そんなフィアールカに見せつけるように、ティシナがラスに身体《からだ》を密着させた。

微笑《ほほえ》むように目を細めたまま、フィアールカは露骨に不機嫌な気配を漂わせ、あまりにも居心地の悪い鵞車《がしゃ》の中で、ラスは激しい疲労を覚えるのだった。

3

「ターリオン卿《きょう》が、ティシナ王女に連れて行かれた……？」

ラスと離れ、一人で離宮の客室へと戻ったフィアールカを、エルミラが驚きの表情で出迎えた。

カナレイカも、ガタガタと椅子を鳴らして立ち上がる。もともとポーカーフェイスの苦手な彼女だが、これほどわかりやすく焦《あせ》っている姿を見るのは初めてだ。

「それはどういうことですか、殿下？　いったいどうして……!?」

「動揺しすぎだよ、カナレイカ」

フィアールカは黒い仮面を外して、苦笑した。

「べつに犯罪者として連行されたわけじゃない。王女の暗殺を阻止するための護衛として、同盟会議が終わるまで貸し出すことになったんだ。そのぶんこちらの守りが手薄になるから、きみには負担をかけることになるけど」

「それは構いませんが、ラスは本当に大丈夫なのでしょうか？　ティシナ王女は、信用に足る相手なのですか？　彼の身に万一のことがあったら、皇国にとっても大きな損失になるのでは？」

「ティシナ王女が謀略を使って、ラスに危害を加えるかもしれない——という意味なら、心配は要らないよ。皇国の筆頭皇宮衛士《ガード・オブ・シルバー》の政治的な価値は、王国の第四王女より高い。ラスを粗略に扱うようなら、国家間の外交問題になる」

「そうですか……ならばいいのですが……」

カナレイカがなおも心配そうに唇を嚙《か》んだ。

商都《ブロウス》でラスの実力を目《ま》の当《あ》たりにして以来、彼女はラスに対して、妄信に近いレベルの信頼を寄せている印象がある。もともとの印象が最悪だったぶん、その後のギャップで余計にラスのことを神格化しているのかもしれない。

自分の側近である彼らの仲がいいのは、フィアールカにとっても望ましいことだ。

しかし一方で不安がないわけではない。いかにも恋愛に免疫のなさそうなカナレイカがラスへの感情を自覚したとき、どういう行動に出るか予想できないからである。それに比べれば理屈にそって動いているぶん、ティシナの思考のほうがまだ読みやすい。

「それよりも問題は、捕まったという暗殺者だね。王女の話はどの程度まで信用できると思う？」

内心の不安を棚上げにして、フィアールカはエルミラに向き直った。

エルミラが彼女の荷物の中から、一冊のファイルを取りだして手渡してくる。

「闇蝶《エテルシア》の構成員の中に、黒梟《クロフクロウ》という暗殺者がいるのは間違いありません。銀の牙の報告書にも、要注意人物として記載されていました」

「得意とする手口は、姿隠しの煉術《れんじゅつ》と狙撃か。国際会議の舞台で派手に王女を殺すには向いてるかもしれないな」

渡された資料に視線を落として、フィアールカは、なるほど、と息を吐いた。

ティシナが捕らえたという暗殺者は、想像していたよりも大物だったらしい。

今回の仕事で闇蝶《エテルシア》という組織は、王女が暗殺されたということを、各国の代表者たちの前で大々的にアピールしなければならない。病死として隠蔽されかねない毒殺や、大人数を巻きこむせいで標的《ターゲット》がわかりづらい爆殺などの手口は使えない。

その点、狙撃を得意とする暗殺者を送りこんできたのは、いい判断だ。

もっとも狙撃を実行する前に、肝心の暗殺者は捕縛されてしまったわけなのだが。

「過去に黒梟《クロフクロウ》の関与が疑われているのは、プレヴツ男爵家の後継者争いや、ニルセン商会の会頭暗殺など八件。いずれも北侯領周辺の事件ですね」

「皇国北部の暗殺組織という、王女の発言は正しかったわけか」

面倒だね、とフィアールカは息を吐く。

北侯領とシャルギア王国の間には街道が通っており、交易も盛んだ。王女の暗殺がきっかけで両者の関係がこじれたら、武力衝突とまではいかないまでも治安の悪化は避けられない。

「黒梟《クロフクロウ》の尋問はどうしますか？」

「アダムクス師団長に任せよう。末端の暗殺者の証言が役に立つとは思わないけどね」

「どのみち暗殺組織の捜査は軍の仕事です。問題ないかと」

エルミラが、フィアールカの判断に賛意を示す。

暗殺などという仕事を請け負っている人間が、組織に対する忠誠心を持ち合わせているとは思えない。当然、暗殺組織の側も、暗殺者には最低限の情報しか与えていないはずだ。捕らえた黒梟《クロフクロウ》を尋問しても、有用な情報が得られる可能性はほとんどない。フィアールカたちには、そんな無駄な作業に時間を使う余裕はないのだった。

「北侯領がらみならヴァル先輩に任せるという手もあるけどね。あの人の存在は、ティシナ王女にはまだ知られたくない。先輩本人も、どこまで信用できるかわからないしね」

「北侯が王女暗殺に関与している可能性があるということですか？」

「それはなんとも言えないな。動機があるのは事実だけど、自分が疑われる立場だってことを、北侯は当然理解しているだろうし。皇族と縁を結ぶだけなら、そんな不確実な手段を選ぶより、ペルニーレを私の側室に送りこむほうが安全だしね」

エルミラの質問に、フィアールカが渋い表情を浮かべる。

実際問題として、皇太子の政略結婚を阻止するだけなら、国際会議の最中にティシナを暗殺する理由はない。最悪、結婚が決まってからでも、王女を暗殺する機会はいくらでもある。

だが、あえてド派手な暗殺事件を起こすことで、それを隠《かく》れ蓑《みの》にする、という考えもないわけではない。思いこみで北侯フレデリクを容疑の圏外に置くのは危険だ。

「エルミラ。闇蝶《エテルシア》とやらが、黒梟《クロフクロウ》以外の暗殺者を派遣している可能性はどれくらいあると思う？」

「暗殺の依頼主がどれだけの金額を払ったかにもよるでしょうが、複数の暗殺集団《チーム》が派遣されているのは、ほぼ間違いありません。組織の信用に関わる問題ですから」

エルミラはきっぱりと断言した。

国際会議の舞台での王女暗殺。暗殺組織の実力を広く知らしめるには、またとない絶好の機会である。闇蝶《エテルシア》としては、多少の採算は度外視してでも人員を送りこんでくるだろう。

黒梟《クロフクロウ》が捕縛されたことで、すぐに次の暗殺者が動き始めているはずだ。

「だとすると、ラスをティシナ王女につけたのは、意外に正解だったかもしれないな」

フィアールカが、ぼそりと独り言のように呟《つぶや》いた。

「なぜですか？」

カナレイカが、訝《いぶか》しげな表情で訊《き》き返《かえ》す。

「おそらくだけど、黒梟《クロフクロウ》があっさり捕縛されたのはティシナ王女の仕業かもしれない。彼女なら、黒梟《クロフクロウ》の王国への侵入経路を知っていてもおかしくないからね。密入国の協力者に密告されたなんて間抜けな理由で、暗殺者が捕まったことにも説明がつく」

「あ……」

フィアールカの勿体《もったい》ぶった推理を聞いて、カナレイカがハッと息を呑《の》む。

「だけど、そうやって未来を変えた結果、彼女は本来の歴史では遭遇しなかった暗殺者に狙われることになった」

「つまり王女は、次の暗殺を防げない、と？」

「うん。そんなわけでラスには頑張ってもらうしかないね。ラスのいるところでティシナ王女が殺されてしまうと、本格的に皇国の落ち度ってことにされかねない」

フィアールカがうんざりしたように首を振った。

「それでは、ラスが危険に晒《さら》されるということにはなりませんか？」

カナレイカの表情が険しさを増す。

一対一の戦いなら、ラスを出し抜ける暗殺者など滅多にいない。しかし、ティシナを守りながら戦うとなれば、その難易度は跳ね上がる。相手が集団で襲ってくるとなると尚更《なおさら》だ。

「そこはラスを信じるしかないかな」

不安げなカナレイカとは対照的に、フィアールカの口調は軽かった。

そんな謎めいた自信を見せつけるフィアールカに、カナレイカは困惑したように黙りこむ。

代わりに口を開いたのは、エルミラだった。

彼女はカナレイカに負けず劣らず不安そうな顔をして、

「どちらかといえばターリオン卿《きょう》が、王女の誘惑に負けて彼女に手を出すほうが心配なのですが。それを既成事実として、彼を王国に引き抜かれるということはありませんか？」

「そ、それは……いや、まさか……いくらなんでも……」

カナレイカが今度こそ本気でうろたえる。

ラスは皇国の大貴族の息子。かつてフィアールカの婚約者だったことからも明らかなように、ティシナの結婚相手としても身分に不足はない。

上位龍殺しの英雄として王国でも彼の名前は知られているし、つい先日も水龍を討ち取った実績がある。そしてティシナ王女と皇太子アリオールとの婚約は今も発表されていない。

王女がラスに乗り換えたとしても、既成事実があれば皇国としては文句を言えないのだ。

「ああ、大丈夫だよ。それはない」

しかしフィアールカは、なぜか余裕の笑みを浮かべている。

それはラスを信用しているからではない。その逆だ。

「ラスがあの性悪王女に誘惑される危険があるのはわかっていたからね。そうならないように手を打っておいた」

「は、はあ……」

楽しげに言い切るフィアールカを見て、カナレイカとエルミラは互いに顔を見合わせるのだった。

4

フィアールカと別れたラスは、ティシナに連れられて離宮の東翼へと向かった。

国外からの賓客を迎えるために使われている西の翼棟に対して、東の翼棟は主にマーヤ第五妃とティシナの住居として使用されているらしい。

大陸有数の歴史を誇るシャルギア王家の宮殿とあって、離宮といえどもかなりの規模である。

しかし華美な印象はなかった。

国王と正妃が暮らす王宮に対して、壮麗さという点で見劣りするのは否《いな》めない。来賓のために豪華な装飾品を集めた西翼と比べると、いっそう慎《つつ》ましやかに感じられる。

「あ、主様《あるじさま》だ！　主様《あるじさま》！」

翼棟に入ったラスを出迎えたのは、侍従のお仕着せを着た子どもだった。獣の耳と尻尾を持つ十歳前後の亜人である。もともと中性的な容姿ということもあり、半ズボンがよく似合っている。

「ココ……!? おまえ、どうしてここにいるんだ？」

「主様《あるじさま》の着替え、運んできた」

ココがひょいと抱え上げた荷物を見て、周囲にいた離宮の使用人たちが唖然《あぜん》と目を見開いた。パーティー用の礼服を入れた大きなスーツケースが三つ。そして刀剣を収めた金属製のケースが一つ。もちろん大人でも一度に運べる量ではない。しかしココはそれを軽々と持ち上げる。

彼女の正体は人間ではない。自我を持つ狩竜機《シャスール》〝ヴィルドジャルタ〟の外部端末なのである。

だからといって、こんな目立つ真似《まね》をして問題ないということにはならないが。

「ラスはココの主様《あるじさま》。主様《あるじさま》が王女様と一緒にいるなら、ココも一緒にいる」

積み重ねた荷物を抱えたまま、タタッと勢いよく駆け寄ってくる。

そのまま抱きついてこようとするココの頭を、ラスは片手で押さえつけた。

「あー……ティシナ王女。見てのとおり彼女は俺の従者だ。連れていっても構わないか？」

ラスが苦い表情でティシナに訊《き》く。

王族であるティシナには及ばないまでも、ラスとて貴族の端くれだ。遠征時に従者を連れ歩くのは、むしろ当然の行為ですらある。

とはいえ、それが正式な護衛任務中ということになると、話がだいぶややこしくなる。要人を護衛している兵士が、従者を連れ歩くなどあり得ない。

こんなややこしい状況になっているのは、もちろんティシナが他国からの訪問客《ゲスト》であるラスを、無理やり護衛として召し上げたからである。とはいえ、彼女の命を狙っているのが皇国の暗殺組織である以上、ラスもティシナの意向を無視できない。実に面倒な立ち位置なのだ。

そして肝心のティシナはなぜか、ムッとしたような表情を浮かべていた。

ただし、彼女の不満は、ラスやココに向けられているわけではない。この場にいない誰かの策略に嵌《は》められたことを、悔しがっているような印象だ。

「なるほど……私の色仕掛《いろじか》けを封じるために、こういう手で来ましたか。ええ、そうですね。構いませんよ、ラス様。従者の帯同を認めます」

やや引《ひ》き攣《つ》った笑みを浮かべて、ティシナが告げた。

そして彼女は、膝を曲げてココと目線の高さを合わせる。

「ココさんと仰《おっしゃ》るのね。私のことはティシナと呼んでください」

「ティシナ！　覚えた！　ココはココ！」

主様《あるじさま》が名前をつけてくれた、とココが胸を張る。

一国の王女に対して思いきり不敬な物言いだが、ティシナはにこやかに微笑《ほほえ》みながら、ココの頭をよしよしと撫《な》でた。それだけでココは、すっかりティシナに懐《なつ》いたらしい。王女のココ

の扱いの上手さは初対面とは思えないほどだ。

「お帰りなさいませ、ティシナ様」

侍女の制服を着た若い女性が、ココの背後からティシナに声をかけた。

ティシナは王女らしく背筋を伸ばし、威厳のある表情で彼女に答える。

「ただいま、エマ・レオニー。こちらはラス・ターリオン・ヴェレディカ卿《きょう》。皇国の筆頭皇宮衛士《ガード・オブ・シルバー》です。くれぐれも失礼のないようにね」

「ラス・ターリオン卿《きょう》……貴方様《あなたさま》が……？」

エマ・レオニーと呼ばれた侍女が、驚いたようにラスを見た。

「失礼しました。エマ・レオニー・クルベルと申します。ティシナ殿下の専属侍女を務めております。滞在中になにかありましたら、遠慮なくお申し付けくださいませ」

「わかった。世話になるよ」

ラスは少し新鮮な気分を味わいながら返事をする。

アルギル皇国の皇宮では、極東の種馬《ザ・スタリオン》の悪評が広まりすぎていて、ラスに声をかけてくる女性使用人がほとんどいないのだ。

「ラスはこれからしばらくの間、私と一緒に生活します。私の部屋に彼とココさんのためのベッドを運びこんでおいて」

「御意」

ティシナがてきぱきと指示を飛ばし、エマ・レオニーは疑問を抱くことなく、彼女の命令を受け入れた。突拍子もないティシナの言葉にも一切の動揺を見せないあたり、有能な侍女であるのは間違いないだろう。

「姫様！」

小走りで立ち去るエマ・レオニーの代わりに、初老の男性が近づいてくる。

服装は貴族風の普段着だが、動作の端々から軍人らしさを感じさせる男だ。衛兵を二人ほど引き連れているところを見ると、離宮の警備責任者なのかもしれない。

「お帰りなさいませ、姫様。ときに、この青年は――」

「覚えているでしょう、ギリス。龍殺しの英雄よ」

「ラス・ターリオン卿《きょう》！　やはり貴殿であったか！」

感激したように握手を求めてくる男性を見て、ラスは彼の正体を思い出す。ラスが水龍と戦ったときに、ティシナと一緒にいた人物。ギリス・テグネール伯爵だ。

「グラダージ大渓谷では世話になった。皇国のアリオール皇太子が到着したという話は聞いているが、なぜ貴殿が姫様と一緒に？　まさか、例の暗殺者の件ですかな？」

「そうよ、ギリス。彼は私を護衛してくださるんですって。つきっきりでね」

「ほう？」

ギリスが困惑したように眉を上げげた。

皇国の兵士であるラスが、王国の王女を護衛するというのは、常識で考えればあり得ない状況だ。たとえティシナが、皇国の皇太子妃に内定しているとしてもだ。王国の護衛は信用できない――そんなふうに思われていると受け取られても仕方のない横紙破りである。

「ティシナ殿下たっての希望でね。うちの皇太子も納得している。自分の婚約者が狙われてると知って、心配になったらしい」

「なるほど。そういう事情であれば、我らとしても否《いな》やはありませんな」

ギリスは、拍子抜けするほどあっさりと、ラスの申し出を受け入れた。

彼が引き連れている衛兵たちも、不満に思っているわけではないようだ。

「目障《めざわ》りなのは承知しているが、よろしく頼む、伯爵」

「ははっ、目障《めざわ》りなど滅相もない。龍殺しの貴殿がいてくれれば、我らとしても心強い」

そう言ってギリスは、あらためてラスに握手を求めてくる。その手を握り返してみても、隔意は特に感じなかった。ラスを王女の護衛として認めるというのは、どうやら彼の本心らしい。

「母様には、私から話をするわ。ほかに問題はあるかしら?」

「大丈夫でしょう。姫様の我《わ》が儘《まま》には、皆、慣れてますからな」

ギリスは苦笑まじりにそう言うと、では失礼、と言い残して去っていった。

彼らの姿が見えなくなるのを待って、ラスは小さく息を吐く。

「ずいぶん物わかりのいい御仁だな」

「ギリスは少し特別なのです。私がやることを昔から間近で見てきているので」

「なるほど」

ティシナのやることというのは、つまり悪役王女としての振る舞い、ということだろう。彼女の非常識な振る舞いが結果的に王国に利益をもたらすことを、ギリスは理解しているらしい。

「それに、この離宮を見て気づくことはありませんか？」

「……人が少ないな」

ラスは正直な感想を口にした。

離宮の建物の広さに比べて、本来いるべき使用人の数が少ない。西の翼棟は警備の兵士が多かったせいで目立たなかったが、東翼に来るとそれがはっきりわかる。

「皇国からの使節団が滞在しているということで、これでも普段より増やしているのですよ」

ティシナが恥じるように肩をすくめた。

「王族といっても名ばかりで、普段の暮らしは下級貴族と大差ありません。身分の低い妃《きさき》から生まれた四番目の王女の扱いなんて、こんなものです。テグネール伯爵家が後ろ盾になってくれていなければ、もっと悲惨だったかもしれません」

「そのわりには、グラダージ大渓谷では、ずいぶん気前よく傭兵《ようへい》たちに金を払ってたな？」

「不思議なことに、たまたま私の活動を支援してくださる篤志家の貴族がいらしたので」

にこやかに微笑《ほほえ》みながら、ティシナが答える。それはつまり、弱みを握っている貴族を脅して、金を巻き上げたという意味だろう。

「国の予算が限られている以上、役に立たない王女にお金が回ってこないのは当然です。贅沢《ぜいたく》がしたいわけではないので、私は構わないのですけどね。たいした煉術《れんじゅつ》も使えず、剣の才能もない王族なんて、政略結婚の道具くらいしか使《つか》い途《みち》がありませんから」

自嘲するようにそう呟《つぶや》いて、ティシナは遠くに視線を向けた。

長い回廊の先にある廊下を、豪華なドレスを着た女性が歩いている。ティシナの母親であるマーヤ第五妃だ。

ラスやティシナの存在に気づいたはずだが、彼女はうっすらと微笑《ほほえ》んだだけで、立ち止まることなく通り過ぎていった。そのあとを、十人近い男たちがぞろぞろとついていく。

集団の中には身なりのいい男性が二人。赤地に金をあしらった目立つ服装の男と、背の高い黒ずくめの人物だ。残りの男たちは彼らの護衛らしい。

「ただ、それに納得できない人もいるのが問題なのですよね」

集団の姿が見えなくなって、ティシナがぼそりと独りごちた。諦観を感じさせる表情だ。

第五妃が浮かべた微笑は美しかったが、それはせっせと蜜を集める子どもたちを眺める女王蜂と同じ表情だった。娘が自分の思惑どおりに、皇国の要人と親しくしていることに満足しているのだろう。

自分の娘を政略結婚の道具としか見ない貴族は多いが、おそらく第五妃もそのタイプだ。彼女のことを毒蜘蛛《どくぐも》と評したフィアールカは、さすがの洞察力である。

「第五妃と一緒に居た人々は？」

「派手な服を着ていた方は母の弟です」

ラスの質問にティシナが答える。赤地の服を着ていた男のことである。

「ルーメド国の王弟か」

「王弟といっても、小さな属国の王族です。田舎貴族と大差ありませんよ。小物です」

ティシナが冷ややかに言い放つ。母親につきまとっている王弟に、彼女がいい印象を持って
いないのは明らかだ。

「そうか。だが、彼と一緒にいた男は……」

「お知り合いですか？」

ティシナが不思議そうにラスを見た。いや、とラスは首を振る。

「ちょっといい男だったんで、ムカついただけだ」

「あら」

冗談めかしたラスの言葉に、ティシナが口元を綻ばせた。

「大丈夫です。たしかに見映えのいい方でしたけど、私はあなたのほうが好きですよ」

「ココも主様《あるじさま》が好き！」

ティシナが取ってつけたようにラスを褒め、ココもそれに同意する。

しかしラスが考えていたのは、第五妃が連れていた黒ずくめの男のことだった。

一見すると、ありふれたシャルギア王国人に見える服装。

しかし彼が腰に佩《は》いていた剣には、特徴がある。

護拳《ごけん》と呼ばれる囲い状の鍔《つば》を持つ片手剣。

それはシュラムランド同盟の仮想敵――レギスタン帝国の刀剣だけが持つ外装なのだった。

5

エマ・レオニーがラスのために用意した寝室は、ティシナの私室と同じ階層にある来客用の部屋だった。悪役王女などと呼ばれるティシナも、さすがに同じ部屋で寝泊まりしろというほど、横暴な性格ではなかったらしい。

その意味ではフィアールカより常識的なのかもしれない、とラスは、ティシナのことを少しだけ見直す。しかし夜も明けきらないうちに、その認識はあっさり覆《くつがえ》されることになった。

ラスに与えられた寝室に、こっそりと忍びこんでくる人影があったからだ。

侵入者の正体は、輝くような金髪の小柄な女性。うっすらと下着が透けている寝間着姿のティシナである。

「なにをやってるんだ、ティシナ王女？」

ラスは、ベッドの上で目を閉じたままティシナに訊《き》いた。

飼い主に叱られた子猫のように、ティシナはぎくりと動きを止める。

「……ラス様？　起きていらしたのですか？」

「人が入ってきたのに気づかないほど眠りこけていたら、護衛としては失格だろ」

やれやれと息を吐きだしながら、ラスは気怠《けだる》げに上体を起こした。

実際のところ、ラスはティシナが自分の部屋を抜け出した時点で目を覚ましていた。部屋の出入り口に張り巡らせた煉気《れんき》の糸による結界が、ティシナの動きを感知していたからだ。

二年間の娼館《しょうかん》暮らしの間に、ラスは覚醒したまま熟睡するという奇妙な特技を身につけている。

自動的に周囲を警戒する独立した回路を脳内に作り上げ、睡眠中は無意識に起動するように習慣づけているのだ。

言葉にするとややこしいが、それを習得すること自体は簡単だった。その程度の技術を身につけておかなければ、あの娼館《しょうかん》では、生き残ることができないからだ。

「私のことは気にせず、お休みになってくださってよかったのに」

ティシナが拗《す》ねたように唇を尖《とが》らせた。

「そうはいきませんよ。こんな時間になんの用です？　まだ夜明け前でしょう？」

「あなたと既成事実を作ろうと思いまして」

冷ややかな声音で質問するラスに、ティシナは悪びれない態度で堂々と答える。

「既成事実？」

「健康な若い男女が寝室でやることなんて、一つしかないと思いますけど？」

「枕投げ《ピローファイト》、ですかね」

「そうそう。私の超級枕技《オーバースキル》が火を噴きますよ——って、そんなわけないじゃないですか！　もう！」

どうにかはぐらかそうとするラスの奮闘も虚《むな》しく、ティシナは強引にラスのベッドに飛び乗った。これ見よがしに豊かな胸を強調しながら、四《よ》つん這《ば》いになってラスに顔を寄せてくる。

「おかしいですね、私はこれでも外見にだけは自信があったのですけれど。この身体《からだ》を自由にできるというのは、魅力的ではありませんか？　一夜限りの後腐れのない関係ですよ？」

「後腐れしかないだろ、きみの場合は。いったいなにを企《たくら》んでるんだ？」

謎の自信に満ちあふれたティシナを、ラスはうんざりと見返した。

あら、とティシナは意味深な笑みを浮かべて、ラスの耳元で囁《ささや》いてくる。

「あなたの手間を省いてあげようと思っただけですよ。私を口説き落とすのが、あなたの目的ではないのですか？」

「それも最期《さいご》の思い出作りか？」

内心の動揺を押し隠し、ラスは硬い口調で指摘した。グラダージ大渓谷で、彼女から無理やりキスされたときのことを思い出したのだ。

「きみは、自分が命を狙われる理由を知ってるんだな？　だから抵抗せずに素直に殺されるつもりでいる。違うか？」

「私を狙っていた暗殺者はもう捕まえましたよ？」

ティシナが、少しだけムッとしたように答えた。しかしラスはきっぱりと首を振る。

「雇われた暗殺者が、一組だけとは限らない。きみはそれを知ってたんじゃないのか？　いったい誰がきみを狙ってるんだ？」

「心当たりが多すぎてわかりませんね」

ティシナが投げやりに笑って言った。

「アリオール殿下は、アルギル皇国の次期皇帝。私が皇太子妃になれば、事実上、皇国の女性の頂点《トップ》です。貧乏王国のみそっかす王女にしては大出世ですよ。それが気に入らないと思ってそうな人間を数えたら、両手の指では足りません」

「嫉妬、か……きみの姉妹を疑ってるのか？」

「私の姉妹か、その母親かはわかりませんけど、シャルギアの王族が手を貸している可能性は高いと思いますよ。もちろん主犯がアルギル皇国の人間なのは間違いありませんが」

王女の現実的な分析に、ラスは少しだけ感心する。

ティシナは暗殺の依頼主が、自分の身近な存在かもしれないと認めているのだ。権謀術数の渦巻く王宮に出入りしているだけあって、冷静な状況判断だ。

「そうか……きみが守ろうとしているのは、マーヤ王妃か」

ラスは静かに息を吐き出した。

属国であるルーメド国から嫁ぎ、王宮内で孤立しているという第五王妃マーヤ。母親である彼女の命を守るためにティシナが自らの死を受け入れるというのは、普通にありそうな話だった。むしろありきたりすぎて肩透かしを喰《く》らったような気分になる。

しかしそんなラスをまじまじと見つめて、ティシナはがっくりと肩を落とした。

「あなたは鋭いようでいて、肝心なところが抜けていますね」

「それは鋭くないという意味だよな？」

「そうですね。でもまあ、そのことは今はいいです」

やれやれ、と苦笑いを浮かべながら、ティシナはラスの毛布を剝ぎ取った。細身だが筋肉質なラスの腹筋を興味深そうに眺めつつ、

「それよりも出かける準備をしてください」

「出かける？　離宮を抜け出すつもりか？　きみは暗殺者に狙われてるんだぞ？」

ティシナの一方的な命令に、ラスは当然ながら渋い顔をした。

どこの世界に王女の脱走に手を貸す護衛がいるというのか。ましてや、ティシナは他国の王女だ。彼女の身になにかあったら、それこそ国際問題になる。

しかしティシナは、そんなラスの葛藤など知ったことかとばかりに力強く宣言する。

「そのためにこんな朝早くに押しかけてきたんです。どうせエマ・レオニーには気づかれてますけど、ココさんが起きる前に脱出しますよ」

◇◇◇◇

ラスとティシナは、煉術《れんじゅつ》の光を頼りに長い地下通路を歩いていた。

ティシナの私室に隠されていた、離宮の隠し通路の中である。

「異国人《よそもの》の俺に、離宮の抜け道を教えてもよかったのか？」

「構いませんよ。どうせこの先使う機会もないでしょうし」

硬い表情で質問するラスに、ティシナはためらうことなく平然と言った。

政変などの非常時に備えての、王族専用の脱出路だ。迂闊《うかつ》に知ってしまったら、口封じのために殺されても文句を言えないレベルの重要機密のはずである。

しかしティシナは、隣の家に遊びにいくくらいの気安い感覚でそれを使っている。

「いつもこんなふうに離宮を抜け出してるのか？」

「たまにですよ。普段はやりません」

ふっと目を逸《そ》らしながら、ティシナが答えた。あからさまに嘘《うそ》をついている人間の顔である。

そのわりにずいぶん慣れてるみたいだな、とラスは半眼でティシナを睨《にら》み、

「それはそうと、なにも言わずに黙って出てきてよかったのか？　誤解されて王女誘拐犯の汚名を着せられるのは嫌なんだが」

「ああ、それなら大丈夫です。私が離宮を抜け出すのは、いつものことですから。ギリスたちも、今さらこの程度で騒いだりしませんよ」

「普段はやらないんじゃなかったのかよ」

あからさまな矛盾を口にするティシナに、ラスは力なく苦笑した。

そうこうしているうちに、隠し通路の出口が見えてくる。

壁に偽装された扉を開けると、湿った空気が吹きこんできた。

通路の出口は、運河沿いにある排水口につながっているらしい。網の目状に水路が張り巡らされた王都《バーラマ》ならではの仕掛けである。

現在のラスの服装は、革製のズボンとラフなシャツ。若い傭兵風《ようへいふう》によくある目立たない服装だ。

一方のティシナは平民にしてはやや上質なワンピース。特徴的な金髪は、目立たないようにスカーフでまとめている。裕福な商家か下級貴族のお嬢様と、その従者という出《い》で立《た》ちだ。

まったく人目を惹《ひ》かないわけではないが、下町を歩いていても違和感はない。

どのみちティシナの美貌で、平民に化けるのは無理があるのだ。変装としては悪くないだろ

う。

「これは、朝市か？」

まだ夜明け前だというのに、王都の大通りは、大勢の人々で賑《にぎ》わっていた。通りの両端には、屋台や露店が建ち並び、それを目当てに多くの客が集まっている。客のほとんどは地元の平民だ。

「王都名物《バーラマ》の黄曜日の市です。なかなかの活気でしょう？」

どこか得意げな表情で、ティシナが言う。

化粧をしていない今の彼女は、普段よりも少し幼く見えた。年相応の少女のようだ。

ラスに向ける表情がくるくると変わって、思わず見とれそうになる。

「そうだな。少し驚いた」

「ふふっ、皇都にはこういうのはないものね」

正直に告白するラスを見て、ティシナはなぜか訳知り顔でうなずいた。

ラスは無言で目を眇《すが》める。少なくともラスが知る限り、ティシナがアルギル皇国の皇都を訪れたことはないはずだ。

「まるで見てきたように言うんだな？」

「あら、なんのことでしょう？」

ラスの質問をはぐらかすように、ティシナは曖昧に微笑《ほほえ》んだ。

ティシナは未来を体験している――フィアールカはそう推理していた。しかし、ラスたちには、それが事実かどうかを確かめる手段はない。彼女にとぼけられたら、そこで話は終わりだ。

「これこれ。この串焼きが美味《おい》しいのよ。おじさん、二本くださいな」

市場に足を踏み入れたフィアールカが、一軒の屋台の前で足を止める。

屋台の店主はフィアールカを知っていたらしく、手を振るフィアールカを見て相好を崩した。

「ああ、嬢ちゃんかい。今日はまたずいぶんいい男を連れてるな」

「いいでしょう。将来を誓い合った仲なのよ」

フィアールカが、ニヤリとほくそ笑んでラスの腕にしがみつく。

「お嬢様、お戯《たわむ》れを」

ラスは素っ気なく言い放つと、ティシナの手をするりと振《ふ》り解《ほど》いた。雇い主の悪ふざけにつき合わされている従者、という演技である。

膨《ふく》れっ面《つら》になったティシナを見て、屋台の店主が豪快に笑う。

「あははは、兄ちゃんも苦労してるみたいだな。ほらよ、こいつはサービスだ」

「ありがたい。感謝する」

自前の財布から銅貨を取り出しているティシナに代わって、ラスは串焼きを受け取った。

おまけとして店主がたっぷりと塗ってくれたのは、甘い匂いを放つソースである。

「銅貨で買い物をするお姫様ってのも新鮮だな」

「一銅貨《デナ》を笑う者は一銅貨《デナ》に泣くのよ。どうぞラス様も遠慮なく召し上がって」

ティシナはどことなく誇らしげにそう言って、ラスから串焼きを一本受け取った。余った一本は、そのままラスに押しつけてくる。

ありふれたトカゲ肉と野菜の串だ。しかしそれを頬張った瞬間、ラスは驚きに目を見張る。

「美味《うま》いな。肉も柔らかいし、タレがいい。臭いに少しクセがあるが、肉の旨味《うまみ》を引き立ててる」

「慣れると、その臭いが食欲をそそるのよ。魚と塩を漬けこんだソースに、果物と蜂蜜で甘みをつけてるんですって」

絶賛するラスを満足げに見つめて、ティシナも串焼きにかぶりついた。口元をベタベタにしている彼女を見て、一国の王女と気づく人間はいないだろう。

「水に恵まれた王国《シャルギア》でなければ食べられない味だな」

「気に入ってくれたのなら嬉《うれ》しいわ。ほかにも美味《おい》しいものがいっぱいあるのよ。あっ、ヒリカ！　ヒリカのソルベがある！」

「待て、王女……じゃない、お嬢様！」

肉を頬張ったまま走り出したティシナを、ラスは慌てて追いかけた。

それからもティシナの食べ歩きはしばらく続き、空が白み始めたころには、ラスはすっかり満腹になってしまう。ティシナも、さすがにもう食べきれないと、喧噪《けんそう》から少し離れた場所で

壁によりかかっていた。

「ねえ、ラス様。あなたの殿下とは、こんなふうに一緒に買《か》い喰《ぐ》いをしたことはあるの？」

隣に立つラスを見上げて、ティシナが訊《き》いた。

彼女の言う殿下とやらが、アリオールのことを指しているのか、それともフィアールカのことなのか一瞬迷ったが、どちらにしても答えは同じだった。

「いや、ないな。軍に入ってからはそれどころじゃなかったし、士官学校時代のあいつはけっこう真面目で、こんなふうに寮を抜け出すことはなかったからな」

「そうですか。では、市場巡りは私たちだけの思い出ですね」

胸の前で祈るように手を合わせ、ティシナが静かに呟《つぶや》いた。

彼女らしからぬ殊勝な態度に、ラスは少しだけ困惑する。

「俺を護衛に指名したのは、このお忍びにつき合わせるためか？」

「半分は、まあそうですね。残りの半分は、皇太子殿下への嫌がらせです」

「きみに嫌がらせされるようなことを、あいつはなにかしたのかな？」

「あら、自覚してなかったのですか？」

怪訝《けげん》な表情を浮かべるラスを、ティシナはなぜか責めるように見返した。

そう言われれば、心当たりはいくつもある。

皇太子アリオールの正体が、女性であること。

それを隠して結婚し、ティシナを利用しようとしていること。

そしてティシナの協力を得るために、ラスを使って彼女を口説き落とそうとしていること
――どれひとつとっても、ティシナを怒らせるには充分だ。

だが、その秘密を今の時点でティシナが知っているはずがない。彼女がそれを知るのは、皇太子との結婚を終えたあと――もっと先の未来の出来事のはずである。

「ティシナ王女、きみにはやっぱり未来の記憶が――」

「あーっ、もうこんな時間！」

意を決して問《と》い質《ただ》そうとしたラスの目の前で、ティシナが唐突に悲鳴を上げた。

朝を告げる教会の鐘が、王都の街に響いていた。夜明け前の空はすっかり明るくなって、間もなく日が昇ろうとしているところである。

「ラス様！　鳥には乗れますか⁉」

「あ、ああ。乗れるが」

「おじさん、一刻ほど鳥を貸していただけませんか⁉」

ラスの返事を待つのももどかしげに、ティシナが露店の店主に声をかける。

郊外から野菜を売りに来た店主の後ろには、荷車を引くための大型の鳥が繋《つな》がれていた。

「は？　鳥？」

「お願いしますわ。お代はこれで」

「お代？　って、これ、金貨じゃないか!?　いや、こんな大金渡されても困るよ……」

「金貨では足りませんでしたか？　だったら、ここに私のなけなしのお小遣いが……」

　ごそごそとポケットを漁《あさ》るティシナの胸元から、隠してあったペンダントがちらりとのぞいた。

　町娘が身につけるには不釣り合いな黄金のペンダントトップ。

　刻みこまれていたのは、シャルギア王家の紋章である。

　ティシナの顔と紋章を慌てて見比べた店主の顔から、サッと音を立てて血の気が引く。

「あんた……その金髪……あ、悪役王女……」

「悪いな、店主。鳥はあとで必ず返しにくるから」

　手持ちの小銭をせっせと集めていたティシナを後ろに下がらせ、ラスが半ば脅すように店主に告げる。

「は、はい。どうぞ、お気をつけて」

　店主は平伏するような勢いで頭を下げて、鳥の手綱をラスに渡す。

　ラスは片手でティシナを抱き上げ、そのまま鳥の背中に跨《また》がった。

　この大陸で鳥と呼ばれているのは、全身を羽毛に覆われた騎乗用の禽獣《きんじゅう》だ。軍用の鳥なら、大人一人を乗せて、時速七十キロ近くで走ることができる。

　ラスが商人から借りた鳥は荷運び用だが、それでも人間の全力疾走よりは余裕で速かった。

ティシナはラスに抱かれるような形で、横向きに座っている。鞍《くら》や鐙《あぶみ》のない裸鳥に乗るのは騎乗経験の豊富な人間でも不安なものだが、ティシナは平然とラスの胸に体重を預けていた。ラスを完全に信用していなければ、なかなかできない芸当である。

「ふふっ、あの商人には悪いことをしてしまいましたね」

「わかってるのなら、ああいうことはやめてやれよ……それで、どこに行けばいいんだ？」

腹黒い笑みを浮かべるティシナに、ラスが呆《あき》れ顔《がお》で問いかけた。

「王宮の裏手にある高台です。そこの教会の前を左に曲がってください」

「正面の林の中を突っ切っていけばいいのか？」

「はい。あの奥に市壁が破れたまま放置されている場所があるんです」

「なんでそんなことまで知ってるんだ……」

おそらくティシナが離宮を抜け出したのは、一度や二度ではないのだろう。護衛たちの苦労を想像して、ラスは疲れたように溜息《ためいき》をついた。

「王都の印象はどうですか、ラス様？」

「思ったよりも雑然としてるな。歴史のある古都とは聞いていたが、道路や建物の補修も行き届いてないし、薄汚れた身なりの人も多い」

「はい」

「だけど、治安が取り立てて悪いわけじゃないし、なにより活気がある。シャルギア王はいい為政者なんじゃないか？」

ラスは素直な感想を口にした。

シャルギア王国は小国で、決して豊かな国ではない。しかし王都に暮らす人々は、貴賤《きせん》の別なく、みんな表情が明るかった。これから国が良くなると信じていなければできない表情だ。

「私もそう思います。この国は、前回の戦争の傷跡から、ようやく立ち直りかけているところなんです」

「帝国か」

「そうです」

ティシナが真顔でうなずいた。大陸東方の大国、レギスタン帝国によるシュラムランド半島侵略戦争。五度にも及ぶ遠征により、半島にある多くの国々が犠牲を払った。

中でもシャルギア王国の被害は大きく、最終的に停戦が実現したのは二十年前のことである。皇国《アルギル》や王国《シャルギア》が軍事同盟であるシュラムランド同盟を結んだのは、主に帝国の再侵攻に備えるためだった。間もなく開催される国際会議も、その同盟の結束を固めるのが目的だ。

「まあ、そうは言っても、戦争自体は私が生まれる前の話ですけどね」

「だけどきみにとっては無関係な話じゃない」

「そうですね。被害者とまでは言いませんけど、国の都合で振り回されたのは事実ですね」

ティシナが寂しげな表情で薄く笑う。

彼女の母親の故郷であるルーメド国がシャルギアの属国になったのも、先の戦争が原因だ。帝国の侵攻に晒《さら》されたルーメドはシャルギアに頼り、帝国との緩衝地帯として、かろうじて独立の維持を許された。第五妃マーヤはその際に、人質としてシャルギアに輿入《こしい》れしたのだ。

属国出身の王妃として彼女が孤立しているのは、そうした過去の経緯が原因なのだろう。

それはティシナの王女としての立場にも、少なからず影響を与えているはずだ。

「よかった。どうにか間に合いそうです」

高台の頂上が見えてきたところで、ティシナがホッとしたように頬を緩めた。

ラスは彼女が、しきりに時間を気にしていたことを思い出す。

「止めてください、ラス様。王国《シャルギア》で、一番綺麗《きれい》なものを見せてあげます」

ティシナはラスに鳥を止めるように指示して、それから林の木々の切れ間を指さした。

その先にあったのは、湖だ。王都の名前の由来になったバーラマ湖である。砂漠化が進行したこの大陸において、人類の棲息圏に残された数少ない淡水湖。レギスタン帝国の皇帝が執拗《しつよう》に王国《シャルギア》を狙っているのは、この湖に焦がれているからともいわれるほどだ。

「これは……」

高台から見下ろす広大な湖が、朝陽《あさひ》を浴びて輝いていた。

白亜の都市を彩《いろど》る緑の森。凪《な》いだ水面は虹のように揺らいで、刻一刻と色を変えていく。

どんな宝石よりも美しい鮮やかな景色がそこにはあった。夜明け直後の一瞬だけ生み出される、夢のように幻想的な風景だ。

「この景色を、あなたと一緒に見たいと思っていたのです。ありがとう、ラス様。夢が叶《かな》いました」

ティシナが柔らかく微笑《ほほえ》んで、ラスを見た。

陽光に照らし出された彼女の笑顔は、眼下の光景にも負けないほどに美しく、そして今にも消えてしまいそうなほどに儚《はかな》く感じられた。

第三章　悪役王女、未来を語る

1

「へえ、二人で離宮を抜け出して朝市で買い喰《かぐ》いして、夜明けの湖を見に行った、と」

裸身にバスタオルを巻いただけのフィアールカが、ラスの報告を静かに繰り返した。

端整な口元には笑みを浮かべたままだが、明らかに怒っているときの表情である。

「それはなにかな、自慢かな？　王国滞在をずいぶん満喫してるじゃないか。こっちは貴族との面会と会議の連続で、のんびり観光する暇もないっていうのに……！」

「王女と親しくなって彼女を口説けと俺に命令したのはおまえだろ」

ラスはふて腐れたような口調で反論した。ティシナと親しくしても距離を置いても、フィアールカの機嫌は悪くなるのだ。いったいどうすればいいのか、と文句のひとつも言いたくなる。

「だいたい、なんでおまえが大浴場にいるんだ。ここは男湯だろ？」

「こうでもしないと私はお風呂《ふろ》にも入れなかったんだよ。筆頭皇宮衛士と内密の話があると言って、ようやく邪魔な護衛や侍女たちを追い出せたんだからね」

そう言ってフィアールカは、広大な浴場を見回した。

離宮の地下から湧き出しているという温泉は、とろみのあるアルカリ性の泉質で、美肌効果があるといわれている。水資源に恵まれたシャルギアの王都バーラマだが、さすがにこれほどの規模の浴場は、この離宮にしかないらしい。

あとで感想を聞かせろと半ば強引にティシナに勧められて、ラスはこの温泉へと放りこまれ、それを知ったフィアールカはここぞとばかりに乱入してきたのだった。

「だからって、おまえの正体がバレたらどうするんだ？」

ラスが真顔でフィアールカを咎《とが》める。

双子の妹であるフィアールカが皇太子アリオールと入れ替わっているという事実は、アルギル皇国の存亡すら左右する最重要機密だ。こんな他国の中枢近くで、素顔どころか素《す》っ裸《ぱだか》を晒《さら》すなんて、ほとんど自殺行為である。およそフィアールカらしくない軽率な振る舞いだ。

「煉術《れんじゅつ》をいつでも撃てるように待機させてあるから心配は要らないよ。他国の皇族の入浴中に勝手に入ってくるような相手なら、自衛のためという建前で殺しても問題ないだろうからね」

「中位《ちゅうい》煉術《れんじゅつ》の発動準備をしたまま風呂《ふろ》に入るなよ……」

「ふふっ、もしかして照れているのかい？　女の裸なんて見慣れてるでしょう？」

「むしろおまえが少しは恥じらえ」

裸の胸元を強調するように前屈《まえかが》みになるフィアールカから、ラスは焦《あせ》ったように顔を背けた。たしかに娼館暮《しょうかんぐ》らしが長かったせいで女性の裸には免疫があるが、幼なじみの元婚約者である皇女の裸は別物である。

「そうやって本気で照れられると、私も恥ずかしくなってしまうんだけど」

思いがけず真面目なラスの反応に、フィアールカが頰を赤らめた。

元皇女として、侍女たちを引き連れて入浴するのに慣れている彼女は、自分の裸を人前で晒《さら》すことに抵抗がない。今も恥ずかしがっているというよりは、ラスと二人きりという状況を今さらのように思い出して意識しているという雰囲気だ。

「そこまでして風呂《ふろ》に入る理由があったのか？　湯浴みなら部屋でもできただろ？」

「私が男装しているのではないかと疑われる可能性は、少しでも減らしたいからね。この離宮の温泉は、一度は体験する価値があると他国の貴族の間でも有名らしいよ」

「一週間以上も滞在しておいて、一度も使ったことがないとなったらさすがに怪しまれるか」

「そういうことだね。ティシナ王女が私の正体を知りながら黙っていてくれるというのなら、ありがたく利用させてもらうよ」

「ティシナか……」

ラスは真剣な表情でフィアールカを見た。

ティシナがすでに未来を体験しているという推測が正解なら、彼女はおそらくフィアールカの正体も知っている。それを公表するだけで、彼女はアルギル皇国を混乱させることができるはずだ。しかしティシナがそれを楯《たて》にして、ラスやフィアールカを脅したことはない。

ラスが彼女の真意を測りかねているのは、そのせいだ。

「やはりあの王女には、未来の知識があると思うか？」

「それは私のほうが訊《き》きたいな。きみは彼女を見てどう感じた？」

「わからないな。知っててはぐらかされている気もするが、直接確かめるわけにもいかないしな」

ラスは正直に説明する。フィアールカは露骨に呆《あき》れたような視線をラスに向けた。

「つまりきみは、彼女とお忍びで観劇に行ったり、王都で流行《はや》りのカフェに行ったり、下着屋で彼女の下着を選んだりしていただけで、肝心な情報はなにもつかめなかったわけか」

「護衛として雇われたんだから、一緒に行動するのは仕方ないだろ」

なんでそんなことまで知ってるんだ、とラスは顔をしかめた。

ラスがティシナの護衛を引き受けてから、すでに三日が経《た》っている。その間、ティシナが取った行動は、初日の朝市訪問を含めて、単なる街遊びばかりである。

そんなラスたちの行動を、おそらくエルミラあたりが律儀《りちぎ》に監視して、フィアールカにこっそり報告していたのだろう。

「あと、下着屋には無理やり連れこまれただけだ。彼女の下着を選んだ覚えはない」

「べつにどちらでもいいけれど、王都ではだいぶ噂《うわさ》になっているようだよ」

「お忍びといいつつ、ティシナには隠す気がこれっぽっちもなさそうだったからな」

「それが彼女の目的だから、当然だろうね」

「どういう意味だ？」

ラスは驚いてフィアールカを見返した。

ティシナは、ラスが護衛として傍《そば》にいるのをいいことに、王都で遊び歩いていただけである。その裏に目的があるといわれても、ラスにはまったく理解できない。

「ティシナ王女が、公式の場でアルギルの皇太子と仲睦《なかむつ》まじい様子を見せたとしても、世間からは、政略結婚が上手《うま》くいってるとしか思われない。違うかい？」

「まあ、実際そうだしな」

フィアールカに問われて、ラスはうなずく。王侯貴族の婚姻など、どこの国でも似たようなものである。そこに個人の恋愛感情が入りこむ余地など、滅多にない。

「では、アルギル皇国が自国の最強兵士を彼女に護衛として貸し与え、その護衛がお忍びで王女と街に出かけていちゃついていたらどうだろうね？」

「王女が、皇国と親密な関係を築いていると思われる……か」

「そう。ティシナ王女はすでに皇国に対して、それなりの影響力を持っている――そう判断されるのは確実だろうね。少なくとも筆頭皇宮衛士との間に、個人的な信頼関係があると見なされているはずだよ」

「仮にそうだとして、ティシナになんの得がある？」

ラスが怪訝《けげん》な口調で訊《き》いた。

個人的な信頼関係があろうとなかろうと、ティシナが皇国に嫁ぐのはすでに決定事項なのだ。今さらラスと仲のいいところを見せつけたところで、なにが変わるのかわからない。

「王女自身に利益はないよ。だけど彼女と敵対する勢力にとってはどうだろうね？」

フィアールカが、思わせぶりな口調でラスに問いかけた。

その言葉にラスはハッとする。

「ティシナは……自分と敵対している連中を挑発してるのか？」

ぞくり、とした焦燥感に襲われて、ラスは思わず腰を浮かした。

単なる政略結婚で嫁がされた王女には、嫁ぎ先である皇国内の発言権などないに等しい。

その場合、王女の後ろ盾になるのは、祖国であるシャルギア王国だ。つまり皇国に嫁いだあとも、彼女は王国の顔色をうかがいながら暮らすことになる。

ティシナが権力を手に入れるとしたら、それは彼女がアルギル皇族の子を産み、その子が次代のアルギル皇帝になってから――早くても十数年後のことだろう。

そんな先のことなど、どうなるか誰にもわからない。

そもそも彼女が権力を握る日が来るかどうかも、定《さだ》かではない。

だが、ティシナがすでに皇国内での発言権を得ているとしたらどうか――

特に筆頭皇宮衛士であるラスは、その気になれば皇国の中央統合軍《セントラル》を動かせる。その権力をもって王国に働きかければ、王国内の貴族家の一つや二つ潰すのは造作もないだろう。

そしてティシナはここ数日、自分にそれだけの権力があることを見せつけた。ティシナと敵対していた人間――特に彼女を冷遇していた兄弟姉妹や貴族たちは焦《あせ》ったことだろう。

追い詰められた彼らは、考えるはずだ。ティシナが本格的に皇国と結びつく前に、彼女を亡《な》き者にするしかない、と。おそらくそれこそがティシナの狙いだ。

ティシナは彼らを挑発することで、自分を殺させようとしている。ラスはそのために利用されたのだ。

「い、いきなり立ち上がらないでくれないかな……」

フィアールカがめずらしくうろたえながら、自分の目元を覆い隠している。その指の隙間から、かすかに彼女の瞳がのぞいているのはご愛敬《あいきょう》だ。

「いや、だけど」

のんびり温泉に入っている場合じゃないだろ、とラスは困惑してフィアールカを睨《にら》み返《かえ》す。

「焦《あせ》らなくても、王女が今すぐ襲われることはないよ。少なくとも明後日《あさって》の夜会まではね」

「夜会？　各国使節団の歓迎会か」

「そう。実質的な同盟会議の開会式だ。そこで私と彼女の婚約が発表されることになった」

「予定よりも早くないか？」

ラスが戸惑いながら訊《き》き返《かえ》す。

皇太子アリオールと王女ティシナの婚約が発表されるのは、今回の同盟会議が終わってからだと聞いていた。会議期間中の案内役だったティシナをアリオールが見初めた、という両国民向けの偽装工作《カバーストーリー》に信憑性《しんぴょうせい》を持たせるためだ。

「発表を早めなければならない理由があったみたいだね」

しかしフィアールカは、意味ありげな口調でそう告げる。

「まあ、そんなわけでティシナ王女が本格的に命を狙われるのは、そのあとだ。それまでは我々も少しのんびりして、英気を養おうじゃないか」

「おまえ、本当はただ単に温泉に入りたかっただけだな……」

全身を浴槽の中に沈めて、とろけたような笑顔を浮かべるフィアールカを、ラスは冷ややかに見下ろした。フィアールカは拗《す》ねた子どものように唇を尖《とが》らせて、目を逸《そ》らす。

「仕方ないでしょう。ストレスがたまるんだよ、四六時中あの暑苦しい仮面をつけたまま外交行事につき合わされるのは……！」

「やっぱり暑苦しかったのか、あれ……」

ラスは、フィアールカが男装時につけている黒い仮面のことを思い出し、妙に納得した気分で呟《つぶや》いたのだった。

2

ヴァルデマールは派手な金色の仮面で目元を覆って、葡萄酒《ぶどうしゅ》のグラスを傾けていた。

シャルギア王国の公爵家が主催する、小さな仮面舞踏会である。

本来ならごく限られた招待客しか参加できない秘密の会合だが、ヴァルデマールは、すんなりとその中に入りこんでいた。皇太子《アリオール》から預かった潤沢な軍資金を気前よくばら撒《ま》いた成果である。

「若、あまり勝手に動き回らないでくださいよ」

目についた貴族女性にヴァルデマールが片っ端から声をかけまくっていると、白い陶器のマスクをつけたヨジェ・ディヴァクが、不機嫌な声で話しかけてきた。

ヨジェはヴァルデマールの乳兄弟であり、北侯領から連れてきた部下たちの中でも一番の古株だ。兵士としてのスタイルは、斥候よりの煉術師《れんじゅつし》。対応できる局面が多いため、このような潜入任務では重宝する。ただし口うるさいのが玉に瑕《きず》だ。

「大枚はたいてせっかく手に入れた招待状だ。有効に活用しないとな」

ヴァルデマールはヨジェの小言を聞き流し、会場の奥にいた貴族たちの集団に目を向けた。

タキシードを着た中年の男たちが三人。黒いドレスを着た女が一人。どことなくピリピリとした剣呑《けんのん》な雰囲気が、舞踏会の参加者たちの中でも浮いている。

「あいつらか？」

「ですね。恰幅《かっぷく》のいいのは、コズムス子爵。チョビ髭《ひげ》はプレムル子爵。奥の老人は大物ですね。ペテルカ侯爵家の現当主。前の財務大臣です」

ヴァルデマールの質問に、ヨジェが答えた。

「仮面をつけてるのに、よくわかるな。なんで余所《よそ》の国の貴族の顔を知ってるんだ？」

「なんで知らないんですか。有名人ですよ」

困惑したように訊《き》き返《かえ》すヴァルデマールに、逆にヨジェが呆《あき》れたような視線を向けてくる。

「有名人？　あんな冴《さ》えないオッサンどもが？」

「いい意味の有名人じゃないですからね」

「だろうな」

「あいつらは、全員あれですよ。ティシナ王女に嵌《は》められて、酷《ひど》い目に遭わされた連中です」

「悪役王女被害者の会か」

ヴァルデマールは小さく鼻を鳴らした。

ペテルカ侯をはじめとした三人は、あまり評判の良くない王国貴族だ。

暗殺者がティシナ王女を狙っているという情報が出回ったとき、王都の住民や傭兵《ようへい》たちの間では、彼らの中の誰かが雇い主ではないか、と話題になった。手がかりとすら呼べないささやかな噂話《うわさばなし》だが、ヴァルデマールはそれに目をつけた。

そして彼らが揃《そろ》って出席する仮面舞踏会の存在を知り、こうして様子を見に来たというわけだ。

「どっちかというとあいつらのほうが犯罪者側なんで被害者と言っていいのかはわからないですけどね。ティシナ王女を恨んでるのは間違いないでしょう」

ヨジェが素っ気なく言い放つ。

悪役王女と呼ばれるティシナは過去に何度か、王宮内の汚職事件や、貴族の犯罪を暴いている。

だがそれは、正義感にかられての行動ではない。むしろその逆だ。我《わ》が儘《まま》で知られた彼女が、傍若無人の限りを尽くすと、なぜかなし崩し的に関係者の犯罪が明るみに出るのだ。

たとえば他家の貴族令嬢が持っていた首飾りを、気に入ったから献上しろと強引に奪い取り、それがきっかけで首飾りが盗品だったことが判明。貴族が裏で操っていた大規模な窃盗団が摘発される、といった流れである。結果的にティシナはなにも得をせず、ただ方々の恨みだけを背負うことになる。

「被害者の会の会員は、三人だけか？」

「生き残ってるのは、それくらいかもしれないですね」

「ほかの連中はどうなったんだ？」

「今ごろは鉱山で強制労働ですかね」

「……十七かそこらの小娘が、そうなるように仕組んだのか？」

「だとしたら有能というより、おっかないですね。シャルギア王もさすがに気味が悪いと思ったんでしょうよ」

「そうだな」

ヨジェの言葉に、ヴァルデマールは同意した。

ティシナ王女がどれだけ自分の本性を取り繕おうと、見る者が見れば彼女の危険性はすぐにわかる。それを手元に置くだけの度胸は、あの凡庸な王にはないだろう。

「だから国外に追いやることにしたのか。第四王女が優先順位をすっ飛ばしてアルギルの皇太子妃って時点で、なんかあるだろうとは思ったが……体《てい》のいい厄介払いだったってわけだ」

「うちの殿下も、それを知らないわけじゃないでしょうに、よく受け入れる気になりましたね」

「あいつは、士官学校時代からよくわからねえやつだったからな。案外お似合いかもな」

「だといいですがね」

ヴァルデマールの発言に、ヨジェはたまらず苦笑いを浮かべた。

一見すると不敬な態度だが、今のはヴァルデマールの中で最上級の褒め言葉だ。

家柄と実力を兼ね備えたヴァルデマールは、軽薄そうな見た目に反してプライドが高い。

そんな彼が、いくら決闘に負けたからとはいえ、皇太子の命令に大人しく従っているのは、彼なりに相手の実力を認めて敬意を払っているせいだったらしい。

あるいは、ヴァルデマールにやる気を出させた皇太子が上手《うま》かったというべきか。

予算と現場での裁量権をたっぷり与えての情報収集——自分の能力に自信があって、好奇心旺盛なヴァルデマールの使い方を、あの皇太子はよくわかっている。

「お、動いたな」

ペテルカたち男女の四人組が、示し合わせたように広間を出て、休憩用の小部屋へと入っていく。これから密談を始めると宣言しているようなものである。

「まさか追いかける気ですか、若」

「そのためにおまえを連れてきたんだろ。給料分は働けよ」

「はあ……声を出さないでくださいよ」

追跡を始めるヴァルデマールの隣で、ヨジェが煉術《れんじゅつ》を発動した。

周囲の光の屈折率を変え、気配を遮断する隠形の煉術《れんじゅつ》。四人を追うヴァルデマールとヨジェの姿が、闇に溶けこむように薄れて消えていく。

◇◇◇◇

「――皇国側の暗殺者が捕まったというのは、本当か？」

姿を消した状態で小部屋に入ると、貴族たちの会話が聞こえてくる。

発言の主は、恰幅《かっぷく》のいいコズムス子爵。それに対して、チョビ髭《ひげ》のプレムル子爵が答える。

「そのようですね。密入国に失敗して、手配師《ブローカー》ごと一網打尽になったとか」

「なにが闇蝶《エテルシア》か。評判倒れもいいところではないか」

「皇国にいる人材など、しょせんその程度のものでしょう。信用しなくて、正解でしたな」

「うむ」

二人の子爵たちの会話に重々しくうなずいて、ペテルカ侯は正面に座る女性を見た。

蝙蝠《こうもり》をかたどった仮面の女だ。髪の色は、炎を連想させる赤。声から感じる印象は意外に若い。それでいて匂い立つような妖艶《ようえん》な雰囲気の持ち主だ。

そして彼女の背後には、男が一人、忠実な番犬のように控えていた。

黒い仮面で目元を隠した、銀髪の男だ。武器の持ちこみが禁じられた会場で、彼だけは帯剣が許されている。彼が護衛する赤髪の女性が、舞踏会の主催者であるからだ。

「貴方様《あなたさま》の計画は、すでに準備を終えているのですね」

畏《かし》こまったペテルカの質問に、女は鷹揚《おうよう》にうなずいた。侯爵位を持つペテルカさえも見下したような、傲慢な態度だ。

「ええ。食材も王都に届いているわ」

「いつ調理を開始なさるおつもりで？」

「宴《うたげ》の夜が明ける前には」

「それは……ずいぶん急ですね」

「食材の鮮度の問題があるのよ。ご不満かしら、侯爵？」

蝙蝠《こうもり》の仮面越しに、赤髪の女がペテルカ侯を見た。

滅相もない、とペテルカは慌てて首を振る。

「皇国の後ろ盾を得たあの女を調子づかせておくのは、あなたたちにとっても不愉快でしょう？　せいぜいその日は、不要不急の外出を控えることね」

「承知しております」

一斉に頭《こうべ》を垂れたペテルカたちを見て、女は満足そうに口角を上げた。

そんな彼女の耳元に銀髪の男が顔を寄せ、不意に囁《ささや》くように呼びかけた。

「姫様、ハエが部屋に紛れこんでいるようですが、始末しても構いませんか？」

「ハエ？　密偵ということ？　皇国かしら？」

赤髪の女が、憎々しげに口元を歪《ゆが》めた。

「皇国の密偵だと……⁉」

ペテルカたちが焦《あせ》って周囲を見回す。

薄暗い小部屋の中に、彼ら以外の人間の姿はない。しかし、銀髪の男が指を鳴らすようにして強い煉気《れんき》を放つと、その一瞬だけ、幻のように人の姿が浮かび上がる。

仮面をつけた、若い男の二人組だ。

「始末なさい、ヒルベルト」

赤髪の女が、男に命じる。

「お任せを」

銀髪の男は静かに一礼し、ゆったりとした動きで剣を抜く。

次の瞬間、音もなく迸《ほとばし》った銀光が大気を裂き、薄闇の中に鮮血が飛び散った。

◇◇◇◇

「ヨジェ！」

薄いガラスが砕けるような音が鳴り、隠形の煉術《れんじゅつ》が破られた。攻撃をよけきれずに負傷したヨジェを、ヴァルデマールが引きずるようにして後退させる。

ヨジェは苦痛に呻《うめ》きつつ、追撃しようとした銀髪の煉騎士《れんきし》に向けて煉術《れんじゅつ》を放った。

第三等級の下位煉術《かいれんじゅつ》【炎撃】——

至近距離から撃ち放たれた火球を、ヒルベルトと呼ばれた銀髪の煉騎士《れんきし》は、煉気《れんき》を帯びた拳で無造作に薙《な》ぎ払《はら》う。

「やべえな、おい！　なんなんだ、あいつ！」

「知るわきゃないでしょ！　逃げますよ、若！」

ヨジェが逃走用の煙幕をまき散らし、ヴァルデマールも迷うことなく逃走を選択した。

今の一瞬の攻防で、相手の実力はよくわかった。なにしろ素手で煉術《れんじゅつ》を迎撃する化け物だ。

舞踏会の会場警備が厳重だったせいで、ヴァルデマールの手元にあるのは、隠し持っていたナイフが二本だけ。ヨジェの援護を計算に入れても、あの銀髪の煉騎士《れんきし》の相手をするのはいささか厳しい。

「賊だ。逃がすな」

銀髪の煉騎士《れんきし》——ヒルベルトが部下たちに命じた。煉術《れんじゅつ》で音を増幅したのか、館を取り囲んでいた警備の兵士が、一斉にその声に反応する。

即座に抜刀した兵士たちを見て、ヴァルデマールは歯噛《はが》みした。個々の兵士はそれほど手強《てごわ》いわけではないが、いくらなんでも数が多すぎる。

「俺が時間を稼ぎます。その間にさっさと脱出しちゃってください、若」

屋敷《やしき》を封鎖する兵士たちを睨《にら》んで、ヨジェが言った。

「阿呆《あほう》、怪我人《けがにん》を置いて逃げられるかよ。足止めは俺がやる」

「いや、あんた北侯家の跡取りでしょうが……！」

「うるせえな、足手まといはさっさと行け。邪魔だ。あと右側の敵は減らしていってくれ」

「人使い荒いな、怪我人《けがにん》相手に」

口では文句を言いつつも、ヨジェは再び煉術《れんじゅつ》を放った。第四等級の中位《ちゅうい》煉術《れんじゅつ》【炎雨】だ。

無数の小規模な火球が屋敷《やしき》の中庭全体に降り注ぎ、兵士たちの動きを封じる。

「若、どうかご無事で！」

「心配するな。適当に遊んで、すぐに帰るからよ」

余裕めかした口調で言い放ち、ヴァルデマールは足を止めた。

炎に包まれた中庭を迂回《うかい》して、兵士たちが追いかけてくる。

隠し持っていたナイフを両手に構えて、ヴァルデマールは超級剣技《オーバーアーツ》を放った。

ヴァルデマールの得意技である飛翔《ひしょう》する斬撃――飛煉斬《ひれんざん》。扇形に広がる煉気《れんき》の刃が、密集した兵士たちを数人まとめて薙《な》ぎ倒《たお》す。

それを確認して、ヴァルデマールは逃走を再開しようとした。

しかしヴァルデマールは、踏み出そうとした足を止めて、逆に一歩後退する。そんなヴァルデマールの眼前を、緋色《ひいろ》の閃光《せんこう》が駆け抜けた。

閃光《せんこう》の正体は、励起した石剣。斬撃を放ったのは、銀髪の煉騎士《れんきし》――ヒルベルトだ。

「おまえたちは逃げた賊を追え。この男は私が相手をする」

油断なく石剣を構えたまま、ヒルベルトが兵士たちに命令した。

ヴァルデマールは、無意識に小さく舌打ちする。

ここは貴族の邸宅が建ち並ぶ、王都の高級住宅街だ。道幅も広く、見通しもいい。追っ手をまくには不向きな地形である。負傷したヨジェが兵士たちから逃げ切るのは難しい。

しかしヴァルデマールには、ヨジェを助けに行く余裕はない。

正面に立つヒルベルトが、ヴァルデマールの逃走路を完全に塞いでいるからだ。

「その顔、皇国の貴族だな。アリオール皇太子の私兵といったところか」

「どっちかって言うと遊び友達だな。ガッコの先輩後輩なんだよ」

ヒルベルトの質問に、ヴァルデマールが答える。嘘《うそ》をついたつもりはなかったが、ヒルベルトは不快げに眉をひそめただけだった。ふざけていると思われたらしい。

「なぜこの舞踏会に入りこんだ？」

「いい女との出会いを求めて来たんだよ。舞踏会に参加する動機が、ほかにあるのか？」

「拷問が望みか。正直に答えれば、ひと思いに死なせてやろうと思ったが」

「遠慮しとくよ。さっきの会話は聞かなかったことにしてやるから、とりあえずその物騒なものを仕舞わないか？」

「もういい。貴様は黙れ」

ヒルベルトが、業を煮やしたように呟《つぶや》いて踏みこんでくる。だが、それよりほんの一瞬、ヴァルデマールの行動のほうが早かった。

ヒルベルトの懐《ふところ》に潜りこんで、超至近距離からの二連撃。ヴァルデマールが得意とする、相手の虚を衝《つ》くトリッキーな攻撃だ。

しかし勝ち誇るヴァルデマールの眼前で、攻撃に使ったナイフが砕け散る。

ヒルベルトが、素手でそれを破壊したのだと気づく前に、ヴァルデマールの左肩が鮮血をまき散らした。

「――惜しかったな。まともな剣があれば、それなりの使い手だっただろうに」

「……今からでも、用意してくれていいんだぜ？」

灼《や》けつくような痛みに唇を歪《ゆが》めて、ヴァルデマールが後退する。

かろうじて急所は避けたが、出血が酷《ひど》い。長時間はもう動けない。

「遠慮しよう。このような場所で正々堂々とした決闘をするつもりもないのでね」

「そうかい。レギスタン帝国のお貴族様も地に墜《お》ちたもんだな」

何気ない口調のヴァルデマールの言葉に、ヒルベルトがピクリと片眉を上げた。

言葉の端々から感じる帝国訛《なま》り。そして彼の軍刀に取りつけられた籠状の柄《ヒルト》。それらがヒルベルトの素性を雄弁に物語っていた。

おそらく彼はレギスタン帝国の軍人。王国を混乱させるために送りこまれた工作員だ。

「使い慣れた剣にこだわったのは、軽率だったか」

己の武器に視線を落として、ヒルベルトは自省するように呟《つぶや》いた。

「だが、そのおかげで貴公を討てると思えば、結末としては悪くない」

「そいつはどうかな」

「なに？」

ヒルベルトの背後で、前触れもなく新たな煉気《れんき》が膨れ上がった。

第六等級の中位《ちゅうい》煉術《れんじゅつ》【炎爆】。巨大な火球がヒルベルトの頭上に出現し、地上に激突して周囲を炎の海へと変える。

「貴様……！」

「悪く思うなよ。まともな決闘をする気がないって言ったのはそっちだぜ」

口の中にあふれる鮮血を吐き出して、ヴァルデマールが壮絶な笑みを浮かべた。

炎にまぎれて逃走したと見せかけたヨジェは、隠形を使って屋敷《やしき》の庭に潜んでいたのだ。そしてヴァルデマールがヒルベルトの注意を引きつけている間に、大規模な煉術《れんじゅつ》の発動準備を整えていた。付き合いの長い主従だからこそ可能な、ぶっつけ本番の連携である。

まとわりつく炎の中からヒルベルトは無傷で抜け出すが、そのときにはもうヴァルデマールたちは姿を消していた。

閑静な貴族街で発生した突然の火災に、近隣に住む人々が集まり始めている。その騒ぎに紛れて姿を隠すところまでが、あの抜け目のない二人組の計算なのだろう。

「逃がしたの、ヒルベルト？　まさかわざとじゃないでしょうね？」

中庭に現れた赤髪の女が、銀髪の煉騎士《れんきし》に呼びかけた。

「いえ。決してそのようなことは」

ヒルベルトは、その場に片膝を突いて顔を伏せる。

そんな彼を見下ろして、女は勝ち誇ったように華やかに笑った。

「まあいいわ。今さら皇国のハエが飛び回ったところで、手遅れだもの。そうでしょう？」

「はい、閣下」

「ふん。せいぜい足掻《あが》くがいいわ、愚かな妹。祖国を裏切った反逆者として屈辱の中で処刑されるのが、悪役王女にはお似合いよ」

炎に照らされた夜空を見上げて、彼女はこの場にいない誰かに語りかける。

絵画から抜け出してきたようなその美しい姿を、銀髪の煉騎士《れんきし》は無感動な眼差《まなざ》しで眺めていた。

3

ラスたちが王都《バーラマ》に到着して、すでに一週間が過ぎていた。

ティシナ王女を狙う暗殺者の手がかりがないままに、ラスたちは宴《うたげ》の夜を迎えていた。

シュラムランド同盟加盟国の使節団を歓迎するための夜会。事実上の同盟会議開会式である。

シャルギア王宮の大広間には贅《ぜい》を尽くした料理が所狭しと並べられ、夜会は大いに盛り上がりを見せていた。その最中、シャルギア王が壇上にフィアールカとティシナを呼び寄せる。

アルギル皇国アリオール・レフ・アルゲンテア皇太子と、シャルギア王国ティシナ・ルーメディエン・シャルギアーナ王女の婚約発表である。

「このような目出度《めでた》き報《しら》せを、この場に集った各国の代表と分かち合えることこそが、我が至上の喜びである。二人の婚約により皇国と王国の関係は、ひいては、シュラムランド同盟の結束は、より強固なものになるであろう――」

シャルギア王の威勢のいい演説を、会場の人々が盛大な拍手で受け入れる。

若干しらけた雰囲気が漂っていたのは、この婚約発表が不意打ちではなく、周到に準備された上での予定調和のイベントだったからだ。

「意外と呆気《あっけ》なく終わりましたね。もっと盛大に祝われるかと思っていたのですが」

黒いドレスを着たカナレイカが、壁際《かべぎわ》にいたラスに話しかけてくる。

フィアールカのパートナーをティシナが務めているため、カナレイカのエスコートはラスの役目だ。すらりとした長身で、それでいて女性らしいメリハリの利いた体つきのカナレイカは、会場でもかなり目立っている

「この場にいる人間のほとんどは、事前に知らされていたらしいからな。同盟国の上層部には、半年以上前からそれとなく根回しを進めていたって話だし」

「他国からの反発はなかったのでしょうか？」

「ティシナは冷遇されてる第四王女だしな。アガーテやダロルにしてみれば、自分たちの国の女を側妃として送りこむきっかけくらいに思ってるんだろうさ」

「それは、あまり愉快な話ではありませんね」

ラスの現実的な説明に、カナレイカがわかりやすくムッとする。

戦場で醜い傷を負った仮面の皇太子と悪役王女の組み合わせは、手放しで祝うには、やや難がある組み合わせだ。他国からの反発が少なかったのは、少なからずその影響もあるだろう。

「だとしても、皇太子の性別を偽っている俺たちが文句を言えた筋合いじゃないけどな」

「む……それはそうなのですが……」

揚げ足を取られたカナレイカが、しょんぼりと表情を曇らせた。

皇国の皇太子の正体は実は女性であり、ラスたちはこの会場にいる全員を欺いている状況だ。祝福を強要できる立場ではない。

「そんなことより、食べないのか、カナレイカ？　なんの肉かはわからないが、美味《うま》いぞ」

「これは、橙海《とうかい》の魚竜ですね」

ラスの皿に盛られた分厚い肉の正体を、カナレイカがさらりと言い当てる。

彼女の答えにラスは少し驚いた。シャルギア王国は内陸国であり、魚竜が生息する橙海《とうかい》からはかなりの距離があるからだ。

「魚竜？　どうやってこんな新鮮な状態で運んできたんだ？　いくらなんでも空搬機《カラドリウス》で空輸したってことはないよな？」

「もしかしたら、南大陸の新技術かもしれません」

「新技術？」

「はい。氷結系の煉術《れんじゅつ》で獣を仮死状態にして、新鮮なまま輸送する技術を開発中だと聞いたことがあります。私が南大陸にいたころは、まだ実験段階だったそうですが」

カナレイカが曖昧な記憶を辿《たど》るように説明した。

彼女は軍に入る前の約四年間、通称〝南大陸〟ことキデア大陸に留学していた。

二つの超大国が支配する南大陸《キデア》は、北大陸《ダナキル》よりも様々な分野で煉術《れんじゅつ》の研究が進んでいるといわれている。新鮮な食材の保存技術も、そのような研究成果の一つなのだろう。

しかし氷結系の煉術《れんじゅつ》は難易度が高く、実用レベルで煉成《れんせい》できる術者は多くない。研究に協力的な煉術師《れんじゅつし》を集めてくるだけでも相当な金額になるはずだ。

「もしその話が本当ならすごいな。この肉一切れにどんだけ金がかかってるんだ？」

「そう言われると気になりますね。私も一口いただいてもいいですか」

「ああ、もちろん」

カナレイカが嬉《うれ》しそうに微笑《ほほえ》んで、あーん、と口を開けてくる。

ラスは一口大に切った肉を、フォークに刺して彼女に差し出した。

パクリとそれにかぶりついたカナレイカが、左右の頰を押さえて目を細める。まるで子どものように喜ぶ彼女を見て、ラスもつられて微笑《ほほえ》んだ。よほど肉の味が気に入ったらしい。

一方でラスの背中には、チリチリとした視線が突き刺さっている。主にラスに対する嫉妬の視線だ。カナレイカが美人で目立つぶん、隣にいるラスが目障《めざわ》りに思われているらしい。

「しかし、きみは人気者だな、カナレイカ。ずいぶん注目を集めているぞ。アガーテの公子やダロルの高官にも声をかけられていただろ？」

ラスが苦笑まじりに指摘する。するとカナレイカは意外そうに首を傾《かし》げた。

「それはあなたも同じではありませんか、ラス。先ほどまで大勢に取り囲まれていたのでは？」

「全然意味が違うだろ。俺に寄ってくるのはどこぞの将軍だの騎士団長だの、むさ苦しい男ばっかりだからな。どいつもこいつも手合わせか、引き抜きの依頼ばかりだし」

「私にはそのほうが好ましいです。衣装だの宝石だのを褒められるよりは、ずっと」

カナレイカが本気の口調で言う。まるで今すぐにでも剣の手合わせがしたいと言い出しそうな彼女の雰囲気に、ラスはざわりとした不安を覚えた。そういえば彼女は北侯の領主館でも、嬉々《きき》としてヴァルデマールとの決闘に応じたのだ。

「あー……声をかけてきた連中の中に、気に入った男はいなかったのか？」

「いませんね。せめて私の剣を素手でへし折るくらいの殿方がいればよかったのですが」

「それはどういう状況だよ……」

カナレイカのあまりの脳筋ぶりに、ラスは呆《あき》れて首を振る。

気配もなく近づいてきた配膳係のメイドが、ラスたちに声をかけてきたのはそのときだった。

「――ターリオン卿《きょう》、アルアーシュ卿《きょう》」

聞き覚えのある声にラスとカナレイカは振り返り、かすかな動揺に目を見張る。

お仕着せの女中服を着た目立たないメイドである。

地味で野暮ったい髪型とうつむきがちな姿勢のせいで目立たないが、顔立ちは異常なまでに端整だ。髪と瞳の色は違うが、ラスたちのよく知っている顔である。

「まさか、エルミラですか？」

「はい。任務中なのでこのような服装で失礼します」

驚くカナレイカに、エルミラが告げる。任務というのはメイドに化けての情報収集、あるいはフィアールカの護衛といったところだろう。

「そういう恰好《かっこう》も似合うな、エルミラ」

「そうですか。あなたに言われても、まったく嬉《うれ》しくはありませんが」

「……なにがあった？」

エルミラの辛辣な返事に目を眇《すが》めつつ、ラスが声を潜めて訊《き》いた。変装中にもかかわらずわざわざ声をかけてきたということは、よほどの緊急事態なのだろう。無駄話をしている暇はない。

「グレイ卿《きょう》が負傷されました」

「ヴァル先輩が？」

エルミラからの報告に、ラスは思わず耳を疑った。

ヴァルデマールはフィアールカの命令を受けて、暗殺者の情報を集めていたはずだ。安全な任務とは言えないが、状況判断に長《た》けたヴァルデマールのようなタイプが致命的な失敗をするとは考えにくい。つまり、彼をして想定外の出来事があったということになる。

「ディヴァク卿《きょう》ともどもかなりの重傷で、現在は軍の治癒《ちゆ》煉術師《れんじゅつし》が総出で治療に当たっています。医者の見立てでは命に別状はないそうですが、失血が多く消耗が激しいと」

「グレイ卿《きょう》にそれほどの傷を負わせられるほどの手練《てだ》れが、そうそういるとは思えませんが」

カナレイカが真剣な口調で呟《つぶや》いた。決闘で、実際に彼と剣を交えたカナレイカの言葉だ。ヴァルデマールの実力に対する高い信頼が伝わってくる。

「相手は、クナウス女公爵の館で遭遇した帝国人の煉騎士《れんきし》だそうです」

「帝国人？　レギスタン帝国の人間が、王国の公爵家に出入りしているのですか？」

カナレイカが目つきを険しくした。

レギスタン帝国は、シュラムランド同盟の仮想敵国だ。同盟の一員であるシャルギア王国の公爵家が、帝国の人間を匿《かくま》っているというのは穏やかではない。

それが同盟会議の開催期間中ともなれば尚更《なおさら》だ。

「待て。クナウス女公爵と言ったな？　そいつはたしか……」

ラスがカナレイカの質問を遮って訊《き》いた。

他国の貴族の名前までは、さすがにいちいち覚えていられない。しかしクナウス女公爵の名前は知っていた。なぜなら彼女は、ラスたちにとっても無関係ではない人物だからだ。

「アニタ・クナウスシア・シャルギアーナ。シャルギア王国の元第二王女――私の異母姉《おねえさま》ですね」

「ティシナ⁉」

ラスの言葉を引き継いで答えたのは、銀色のドレスに身を包んだティシナだった。

彼女の隣には、当然、男装のフィアールカもいる。それでも周囲の注目を集めていないのは、フィアールカが人避《ひとよ》けの煉術《れんじゅつ》を使っているからだ。

隠形の煉術《れんじゅつ》ほど露骨ではないので会場を警備している兵士たちも、フィアールカの煉術《れんじゅつ》には気づいていない。ラスたちは彼女の煉術《れんじゅつ》に紛れて、そのままひと気のないテラスへと移動した。

すでに夜会も終盤だ。このままフィアールカたちが姿を消しても、問題になることはないだろう。

「グレイ卿《きょう》という人物を私は存じませんが、その方は、私に恨みを持っている王国貴族について調べていたのではありませんか？　クナウス女公爵も、彼らの仲間だったのですね？」

ティシナがエルミラを見つめて訊《き》いた。

アニタはシャルギアの元王族だが、二年前に臣籍降下して女公爵の地位を与えられた。横領などの犯罪に関与したことで王位継承権を失い、事実上、王家を放逐されたのだ。

彼女の犯罪が露見した経緯に、実はティシナは関与していない。さらにはアニタがすでに王家から離れていることもあり、ティシナ暗殺の容疑者からは外れていた。

しかしアニタの心境を考えれば、彼女にはティシナを妬む理由がある。

属国出身の母親から生まれたティシナのことを、アニタは自分よりも下に見て蔑んでいた。なのに、その妹が、王国よりも国力に勝る隣国の皇太子妃になるかもしれないのだ。

すでに王位継承権を失っているアニタとしては、面白かろうはずもない。

「そのように聞いています。彼女は、ペテルカ侯爵たちと共に、なんらかの策謀を巡らせていた可能性が高いと――」

「そうですか。よかった……」

エルミラの返事を聞いたティシナは、本心から安堵《あんど》したように息を吐く。

ラスは彼女が浮かべていた晴れやかな表情に困惑した。

「よかった？」

「はい。誰が敵か特定できているぶん、それがわからない状況よりはマシですからね」

ティシナが気負いのない表情で淡々と主張する。

それを聞いてフィアールカが警戒したように眉を上げた。

「クナウス女侯爵に復讐《ふくしゅう》でもする気かい？」

「まさか。それはありません」

ティシナは苦笑まじりに首を振る。

「というよりも、できない、というほうが正確ですね。私たちには、もう時間がないんです」

「時間がない？」

フィアールカの目つきが、不意に真剣なものへと変わった。

ティシナは無言でうなずいて距離を取り、そして月光の下で優雅に一礼する。

「私の知るすべてをお話ししましょう。少しだけ、おつき合いいただけますか？」

「もちろん構わない。きみは私の婚約者だからね、ティシナ・ルーメディエン・シャルギアーナ王女」

黒い仮面をつけた男装のフィアールカが、柔らかくも真摯な口調でティシナに答えた。

それは皇太子アリオールとしての、ごく当然の発言だ。

しかしフィアールカは、クスと声を洩《も》らして小さく笑う。

「感謝します。フィアールカ・ジェーヴァ・アルゲンテア皇女殿下。あなたに、お渡ししたいものがあるのです」

彼女が悪戯《いたずら》っぽく告げた瞬間、ラスたちの表情は凍りついた。

和やかだった宴《うたげ》の夜は、そのとき決定的に終わりを告げたのだった。

4

「フィアールカ皇女殿下、か」

口元を覆う仮面を押さえて、フィアールカがティシナの言葉を繰り返す。

彼女は優しくティシナを見つめていたが、その瞳の奥に映っていたのは、透き通った純粋な殺意だった。

「言葉には気をつけたほうがいいよ、ティシナ王女。私の婚約者であるきみを妬んだ私の部下が、きみに危害を加えるかもしれないからね」

フィアールカの言葉が終わる前に、女中服のエルミラがティシナの背後に移動していた。主《あるじ》の命令があれば、エルミラは即座にティシナをこの場で殺害する。ティシナがその死から逃れる方法はない。

しかしそれを理解していながら、ティシナの笑みが揺らぐことはなかった。

「失礼しました。思わず妹様のお名前を口走ってしまうなんて、婚約者失格ですね」

てへ、と可愛《かわい》らしく舌を出し、こつん、と自分の額を小突くティシナ。計算ずくのあざとい仕草に、フィアールカとエルミラから噴き出す殺意が勢いを増す。

さすがにまずいと思ったのか、ティシナは少し慌てて姿勢を正し、

「――殿下、どうかご安心を。私があなたの秘密を洩《も》らすことは決してありません。ですが、私にはこれ以外に、あなたの信頼を得る方法を思いつかなかったのです」

「それはつまり、きみの語る未来を信じろ、という意味かな？」

「やはりお気づきだったのですね。私がすでに未来を体験していることを」

ティシナは自らの口からあっさりと、自身の最大の秘密を暴露した。

フィアールカがわずかに殺気を緩める。

弱点ともなり得るお互いの隠し事を明らかにすることで、ティシナは、ここからは腹を割って話すという、自らのスタンスを表明したのだ。それは同時に、今ここで自分を殺せば後悔するぞ、という彼女の無言のアピールでもある。

「それでは参りましょう。皆様にお見せしたいものがありますので――」

背中に刃を突きつけられた状態のまま、ティシナは優雅に歩き出した。

夜会の主催者の娘が、自分の婚約者とその従者たちに庭園を案内しているという構図である。人避《ひとよ》けの煉術《れんじゅつ》がなくても、怪しまれることはないだろう。

広々とした王宮の庭園には、ガラス張りの小さな温室があった。

その温室に隠れるようにして、農具を収納する納屋《なや》が建っている。ティシナが向かったのは、その納屋《なや》の下。石造りの長い地下通路だ。

「これは、隠し通路、ですか」

護衛として周囲を警戒しているカナレイカが、困惑しながら呟《つぶや》いた。

「はい。王宮の地下から私の離宮まで通じています。本来この通路の存在を伝えられているのは、歴代のシャルギア王だけなのですが――」

少し得意げに説明しつつ、ティシナが先頭に立って歩き出す。

またこのパターンか、と嘆息しながら、ラスは彼女のあとに続いた。王家の機密である隠し通路をティシナと歩くのは、これで二回目だ。

「きみはこれも未来で知ったのかい」

フィアールカが愉快そうな口調でティシナに訊《き》いた。

「そうですね」

「それはつまり、シャルギア国王には、隠し通路を使って避難しなければならない未来が訪れる、ということかな。たとえば破壊工作《テロ》や謀反《クーデター》のような」

「なに……!?」

ラスはフィアールカの発言にハッとする。

ティシナも驚いたように目を丸くしてフィアールカを睨《にら》み、はあ、と苦笑まじりに溜息《ためいき》をついた。

「さすがですね、皇女殿下。あなたを相手に騙《だま》し合《あ》いの勝負を挑むような真似《まね》をしなかったのは正解でした」

「そうかな。ラスを使ってずいぶん挑発されたような気がするけど」

フィアールカが、なぜか責めるような視線をラスに向ける。

そんなフィアールカを煽《あお》るように、ティシナはラスの腕にしがみつき、

「えー……だって、そっちは普通に私が勝てるほうの勝負じゃないですか……って、嘘《うそ》！　嘘《うそ》です！　やだ、怖い怖い怖い！」

フィアールカが虚空《こくう》に生み出したいくつもの氷の槍《やり》を見て、ティシナは本気で青ざめた。表面上は穏やかな会話が続いていたが、ティシナに対するフィアールカの殺意は今も消えていないのだ。

ティシナが慌ててラスから離れたことで、フィアールカも氷の槍《やり》を消す。しかしティシナの細い肩は、今も小刻みに震えたままだ。

「信じられない、こんな一瞬で攻撃煉術《こうげきれんじゅつ》って煉成《れんせい》できるものなんですか？　どんだけ才能に恵まれてるんですか？　反則でしょ……」

「未来を知ってるような規格外品に言われたくないな」

フィアールカが不機嫌な声でぼそりと言った。

殴り合いの喧嘩《けんか》なら間違いなくフィアールカが勝つのだろうが、フィアールカ本人が求めているのは、どちらかといえば未来を知る能力のほうだ。戦闘は部下に任せることができるが、未来を予測して決断を下すのは、次期皇帝である彼女にしかできないことだからだ。

しかしティシナは、自嘲するように笑って首を振る。

「そんなの、なんの役にも立たないわ。たとえ未来を知っていても、私自身にその結末を変える力はないのだから」

「……未来を変えるために、きみは自分の秘密を俺たちに明かしたのか？」

ラスがふと真顔になってティシナに訊《き》いた。ティシナが、なぜここまで来て唐突に自らの秘密を告白したのか、その理由がずっと気になっていたのだ。

作り物めいたティシナの笑顔に、その一瞬、かすかな翳《かげ》がよぎる。

「私一人の力では、この先の未来は変えられない。皆様に頼るしかなかったんです」

「そのために、私との婚約を急いだのかい？」

フィアールカが、さらりと問いかける。

「え？」

「婚約発表を繰り上げるように国王陛下に訴えたのは、彼女だよ」

驚くラスに、フィアールカが説明する。

彼女たちの婚約発表は、もともと同盟会議の終了後に行われる予定になっていた。その予定が繰り上げられたのは、どうやらティシナの要望だったらしい。

ティシナには、婚約発表を早めなければならない理由があった。そうしなければ変えられない未来があることを知っていたのだ。

「そうですね。おかげで今回は間に合いました。本当にギリギリでしたけど」

ティシナが足を止めてゆっくりと振り返る。

「間に合った？」

不意に雰囲気の変わった彼女を、警戒するようにラスが訊《き》き返《かえ》す。

ティシナは口元だけの笑みをうかべて静かにうなずき、

「間もなく王都は、魔獣の群れに襲われます」

「魔獣？」

カナレイカが動揺して声を洩《も》らした。ラスは荒っぽく首を振る。

「あり得ないだろ。シャルギアの国軍は、魔獣の接近に気づかないほどのボンクラ揃《ぞろ》いなのか？」

「ですが、事実です」

ティシナは迷いなく断言した。

「魔獣を鎮圧するために王宮の兵士が駆り出されますが、結果として王宮の警備は手薄になりました。その隙を衝《つ》いて侵入した賊により、シャルギア王を含めた多くの重臣や貴族が討たれます。同盟会議のために滞在していた各国の使節にも、相当の被害が出たでしょう」

「……騒動の糸を引いていたのは、帝国か」

「それは間違いありません。今もシャルギア王国の北東部、レギスタン帝国との国境沿いには、軍事演習の名目で帝国軍の部隊が集結していますね？」

「同盟会議に対する示威行動だな」

ラスはティシナの指摘を認めた。

シュラムランド同盟は、レギスタン帝国という大国に対抗するための四カ国軍事同盟だ。当然、帝国側はその存在を快く思ってはおらず、常に有形無形の圧力をかけてくる。

同盟会議の開催に合わせての国境付近での軍事演習は、王国へのわかりやすい嫌がらせだろう。もちろんそれに対抗するために、王国側の国境近くにはシャルギアの国軍が待機している。

万一、帝国軍が王国側に侵入してきたら、即座に彼らが対応するはずだ。

だがそれは、王国の指揮命令系統が正常に機能していればの話である。

「帝国軍は王都の混乱に乗じて国境を侵犯し、シャルギア国内への侵攻を始めます。それが私の知る未来です」

「……王国はどうなる？」

ラスが硬い口調で訊《き》いた。

王都で動乱が起きて国王が殺され、帝国軍が国内に侵攻してくる。考え得る限り最悪の状況だ。

帝国が本腰を入れて挑んでくるなら、そのまま国が滅んでもおかしくはない。

「わかりません。その結末を見る前に、私は命を落としますから」

ティシナはうっすらと微笑《ほほえ》んで、ラスを見た。

ラスは小さく息を呑《の》む。それは言われてみれば当たり前のことだ。

ティシナは未来を体験している。では、なぜ彼女の意識は今ここにあるのか。

それはティシナがすでに殺されているからだ。

彼女は自らの死を体験したことで、過去に戻ったのだ。

「私が死ぬ前に最後に見たのは、ラス——あなたの黒い狩竜機《シャスール》が、帝国の軍勢と戦っている姿でした」

己の記憶を反芻《はんすう》するような哀《かな》しげな声で、王女は告白する。

ラスはそれを、言葉もなく呆然《ぼうぜん》と聞いていた。

5

「——きみの望みはなにかな、ティシナ王女」

長い沈黙を挟んで、フィアールカが訊《き》いた。

ティシナは表情を引き締める。

己の持つすべての手札を曝《さら》け出《だ》すことで、ティシナはようやくフィアールカを交渉のテーブルへと引きずり出した。彼女にとっては、ここからが本当の戦いなのだ。

「殿下の護衛として待機している王都郊外のアルギル艦隊——彼らを、帝国との国境沿いに移動させてください。テグネール伯爵領の領軍を同行させますから、王国内の移動も問題ないはずです」

「シャルギアの国軍の代わりに、皇国軍を帝国にぶつけろと?」

フィアールカが冷淡な眼差《まなざ》しをティシナに向けた。

ティシナは怯《ひる》むことなく、フィアールカを見返す。

「国境沿いに集結している帝国軍の戦力は、それほど多くありません。皇国軍の存在は、充分な抑止力になるでしょう。戦いを避けられる可能性は高いはずです」

「まるで話にならないな。皇国の民を守るための兵を、他国のために危険に晒《さら》すわけにはいかない。王国への侵攻を阻止するには、まず王国の兵が血を流すべきだ」

「わかっています。ですが……もうほかに手がないのです!」

ティシナが可憐《かれん》な顔を歪《ゆが》めて、どこか悲痛な叫びを上げた。

奔放な王女という仮面が剝がれ落ち、彼女の本来の姿が露《あら》わになる。

「王都が焼け落ちた日の記憶が、頭から離れないのです。人々の悲鳴が、救いを求める声が、彼らの死体の焼ける臭いが、毎夜、私を苛《さいな》むのです。五年前、十二歳の自分に生まれ変わって、それから必死で未来を変えようと足掻《あが》いてきました。悪役と人々に蔑まれ、憎まれ、実の母親から疎《うと》まれても、立ち止まるわけにはいかなかった」

大きく見開いたままの王女の瞳に、涙が滲《にじ》んだ。

嗚咽《おえつ》をこらえようとして失敗すると、それはもう止まらない。涙が堰《せき》を切ったようにあふれだし、彼女の頬を伝って流れ落ちる。

「足掻《あが》いて、足掻《あが》いて、足掻《あが》いて、必死に運命に抗《あらが》って、それでもこの未来を変える方法だけはどうしても見つからなかったの！」

立ち上がる力を失ったように、ティシナがその場にくずおれる。

まるでフィアールカの足下に縋《すが》りつくかのような光景だ。

「せめて、自分で狩竜機《シャスール》に乗れればよかったのに！　どうして私は、こんなに無力なの……！」

ティシナが石畳の床を弱々しく殴りつけた。

それは策謀を巡らす王女ではなく、ティシナという一人の少女の叫びだった。

大きすぎる秘密を抱えた彼女には、その苦悩を打ち明けられる相手がいなかった。彼女はこれまで一人きりで、運命に抗《あらが》い続《つづ》けてきたのだ。

ティシナの心の軋《きし》みにも似た悲痛な絶叫が、暗い地下通路に反響する。

ラスがそれの存在に気づいたのは、その反響がきっかけだった。

通路の先にある広い地下空間。その中に巨大な金属の塊が置かれている。

精緻な彫刻のような人型の影。純白の装甲を持つ狩竜機《シャスール》だ。

「あれは、きみの狩竜機《シャスール》か……」

鎮座したままの機体から漂う言葉にならない威圧感に、ラスは目を奪われた。

長い歳月を経た歴戦の機体だけが持つ、独特の空気が離れていても伝わってくる。

「〝レスカー〟です。シャルギア王家に伝わる銘入りの狩竜機《シャスール》。今回の婚儀のために国王より私に下賜《かし》されました。領地すら持たない私にとっては、これが唯一の王族の証《あかし》です」

領地を持たない貴族の娘が、持参金代わりに狩竜機《シャスール》を嫁ぎ先へと持ちこむのはよくあることだ。シャルギア王が国外へと嫁ぐ娘のために用意したのが、この純白の狩竜機《シャスール》なのだろう。王国と皇国の友好の証《あかし》としても、これほどの銘機であれば充分だ。

「私に渡したいものがあるというのは、これのことかい？」

フィアールカが、狩竜機《シャスール》を見つめて訊《き》いた。

「はい。私の婚約者である殿下なら、これに乗る資格がありますから」

「なぜ、これを今、私に？」

「私には、ほかに差し出せるものがないのです」

ティシナが涙に濡《ぬ》れた瞳で、フィアールカを見上げた。そして祈るように両手を組む。

「この身体《からだ》が対価になるのなら、どうぞ好きに使ってください。偽装結婚の相手役が必要なら、喜んでその任を引き受けましょう。だから、お願い……私を、助けて……」

ティシナの声は、途中からかすれて声にならない。

たとえ未来を知っていても、彼女はまだ十七歳の少女なのだ。そして彼女は己のすべてをなげうって、ラスたちに救いを求めている。

あまりにも痛々しい彼女の姿に、ラスはたまらず目を背けた。

「フィアールカ……」

「騙《だま》されたら駄目だよ、ラス。彼女みたいな人間が、自分の涙の価値を計算に入れてないわけがないでしょう。きみが情に絆《ほだ》されるのも、ティシナ王女の計画通りさ」

フィアールカが感情の籠もらない声で断定した。

王女の瞳が絶望に染まり、ラスは完全に言葉をなくす。ティシナの必死の訴えは、フィアールカには届かなかったのだ。

そして銀髪の皇女は表情を変えずに、傍《そば》にいる黒髪の煉騎士《れんきし》に目を向けた。

「カナレイカ。アダムクス師団長に連絡して、船を降りている兵士を全員呼び戻すように伝えてくれ。最低限の戦力を王都に残して、艦隊を王国の国境地帯に送りこむ」

「え……」

フィアールカの発言の意図を理解できずに、ティシナはきょとんと目を瞬《まばた》いた。

護衛として連れてきた皇国の艦隊を、国境に配置するとフィアールカは言ったのだ。それはティシナが彼女に願った内容そのものである。

「ラスはイザイを叩《たた》き起《お》こして、そこにある狩竜機《シャスール》の調律を始めるように言っておいて。市街戦がメインなら、支援機《キャスター》よりは攻撃機《アタッカー》仕様《しよう》かな。私のエッラの予備部品を使っていいよ」

「待て、こいつを動かす気か？」

矢継ぎ早の指示に理解が追いつかず、ラスはフィアールカに訊《き》き返《かえ》す。

狩竜機《シャスール》に乗りこむということは、戦場に立つということだ。どうしてそんな話になるのか、まったくわけがわからない。

「王都の混乱が早々に収束すれば、帝国軍の国境侵犯は起きない。さすがに帝国も、指揮系統が万全の状態の王国軍を相手にするほどの覚悟は据わってないだろうしね。最悪、うちの第一師団が時間稼ぎに徹していれば、そのうち王国の主力部隊が駆けつけてくるよ」

面倒くさいという本音を顔に出しながらも、フィアールカがラスに説明する。

帝国の侵攻を止めるためには、王都の混乱を最小限に抑えればいい。フィアールカはそう判断したらしい。それなら最悪の状況に陥っても、皇国艦隊の損耗は少なくて済む。

「王都混乱を収める手はあるのか？」

「さっきまでは正直お手上げだったよ。王都なんか見捨てて、さっさと脱出しようと思ってたんだけどね、ヴァル先輩からの情報と、こいつのおかげで状況が変わった」

フィアールカは不敵に微笑《ほほえ》んで、純白の狩竜機《シャスール》に目を向けた。

「狩竜機《シャスール》一機で？」

「ただの狩竜機《シャスール》じゃない。シャルギア王家の紋章が入った狩竜機《シャスール》だよ」

戸惑うラスの呟《つぶや》きを、フィアールカは意味ありげな態度で訂正する。

力なく背中を丸めたままのティシナが、声を震わせたのはそのときだ。

「どうして……」

「ん？」

「どうして、助けてくれるの⁉　あなたに私の願いを聞く理由なんてなかったでしょう⁉」

銀髪の皇女を睨《にら》んで、ティシナが叫んだ。

フィアールカは、ティシナの望みを否定した。それなのに彼女は、ティシナが計画したとおりに行動している。その事実がティシナを混乱させていた。

祖国が救われるかもしれないという希望と、フィアールカの気まぐれでその可能性が潰《つい》えるかもしれないという不安――ティシナはそれに振り回されているのだ。

そんなティシナを冷ややかに見つめて、フィアールカは意地悪く笑ってみせる。

「それがわかっていても、計算ずくで涙を流して助けを求めたんじゃなかったのかい？」

「違っ……計算なんて……」

反射的に言い返そうとして、ティシナはその言葉を呑《の》みこんだ。

フィアールカの冷淡な物言いが、ティシナの誇りを守るための優しい嘘《うそ》だと気づいたのだ。

泣いて縋《すが》ったことを認めてしまえば、それはフィアールカに対するティシナの借りになる。

あとに残るのは、強者からの施しと弱者の依存という一方的な関係だ。

だが、その涙すら交渉の一部だったと言い張れば、二人の力関係は互角のままだ。ティシナとフィアールカはこれからも、協力者として、対等の立場でいられるのだ。

フィアールカは、ティシナを哀れんで救いの手を伸ばしたわけではない。

皇国の皇女が、隣国の王女を助ける理由。

それはティシナが、フィアールカの友達《いい》になれる存在だったからだ。兄《アル》でも恋人《ラス》でもない、フィアールカが唯一どうしても手に入れられなかった存在に――

「……そうよ。どうせ私は悪役だもの。利用できるならなんだって利用するわ」

涙で濡《ぬ》れた頬を乱暴に拭って、ティシナは挑戦的にフィアールカを見上げた。

泣き腫らした目と崩れた化粧のせいで、今のティシナは悲惨な姿になっている。それでも本心を隠して謎めいた王女を演じていたときより、今の彼女は遥《はる》かに魅力的に感じられた。

「いいね。それくらいじゃないと、私の共犯者は務まらないからね」

仮面を外したフィアールカが、唇の端をつり上げてティシナに手を伸ばす。

「あなたって、本当に性格が悪いわ」

フィアールカの手を取って、ティシナは立ち上がった。

不機嫌そうに顔をしかめたティシナを、フィアールカは真《ま》っ直《す》ぐに見つめ返す。

「よろしく、悪役王女《おうじょ》」

「ええ。よろしく、腹黒皇女《おうじょ》」

互いに手を握りあったまま、二人は至近距離で睨《にら》み合《あ》う。そんな彼女たちを見て、もしかして気が合うのかもしれないな、とラスは場違いな感想を抱くのだった。

第四章

種馬騎士、王都を駆ける

1

夜明け前――

レギスタン帝国第三軍所属の軍人ヒルベルト・ファリアスは、街外れにある屋敷《やしき》の屋上から、寝静まった王都の風景を眺めていた。

華やかな宴《うたげ》の余韻のせいか、普段よりも王都の眠りは深い。

人通りの絶えた街並みは、暗い海の底に沈んでいるかのようだ。

王都の平民が起き出してくるまで、あと半刻《はんとき》ほどはあるだろう。

一方でヒルベルトの部下たちは、徹夜明けの疲労も感じさせずに、慌ただしく屋敷《やしき》の中を行き交っている。半年以上の時間をかけて準備をしてきた王都の破壊工作。

積み上げてきたその計画が、間もなく決行されようとしているのだ。

感情の起伏の乏しいヒルベルトですら、かすかな高揚を感じている。

部下たちの緊張と興奮は、推して知るべしというところだ。

「ファリアス中佐。斥候として雇っていた傭兵《ようへい》から緊急の報告が入っています。皇国の護衛艦隊が、一刻《いっとき》ほど前から移動を開始した――と」

部下の一人が、メモを持ってヒルベルトに駆け寄ってくる。

「皇国の艦隊が？」

ヒルベルトがかすかに眉を寄せて部下を見た。普段のヒルベルトを知る者であれば、意外に感じるほどわかりやすい反応だ。

彼を刺激したのは、皇国という言葉。クナウス女公爵の屋敷《やしき》で遭遇した煉騎士《れんきし》たちの存在を、ヒルベルトが気にかけているという証《あかし》である。

皇国が使節団の護衛につけた多脚艦は三隻。搭載している狩竜機《シャスール》は、おそらく大隊規模。異例とも思える大戦力だが、アルギル皇国は今回の同盟会議のために、唯一の直系皇族である皇太子アリオールを派遣している。それを考えれば、過剰とまでは言い切れない。

にもかかわらず、護衛対象である皇太子を残して、その艦隊が王都を離れたという。

普通では絶対にあり得ない状況だ。

「艦隊の行き先はわかるか？」

「傭兵《ようへい》たちに追跡させていますが、カリアリ街道を北上している模様です。未確認ですが、テグネール伯爵の領軍が艦隊を先導しているという情報も届いています」

「テグネール伯の領軍だと？　ティシナ王女の差し金か？」

ヒルベルトの目つきが鋭さを増した。

ギリス・テグネールは、悪役王女であるティシナが懇意にしている数少ない貴族だ。つまり彼女が動かせるほぼ唯一の戦力ということになる。

そしてカリアリ街道が続いているのは、シャルギア王国の北東部。その終端は、王国とレギスタン帝国との国境だ。

「帝国軍が国境を越えた場合、皇国の艦隊と接触する可能性が出てきたな。王国軍と連携しているわけではなさそうだが――」

少なくともヒルベルトの知る限り、王国の国境警備部隊に目立った変化はない。

にもかかわらず、まるで帝国の侵攻を牽制《けんせい》するかのような皇国艦隊の動きが気になった。

しかし現実的に考えれば、それはあり得ない行動だ。未来予知でもしない限り、この時点で帝国軍の奇襲を予想できるはずがないからだ。

「戦闘目的という可能性は高くないが、念のために国境付近で待機している第三軍には、皇国艦隊の動きを伝えておけ。傭兵《ようへい》部隊《ぶたい》には監視を続けさせろ。細かい指揮はハビアーに任せる」

「はっ」

帝国式の敬礼を残して、部下が走り去っていく。

潜入工作中の兵士としては迂闊《うかつ》な行動だが、ヒルベルトはそれを咎《とが》めようとはしなかった。すでに計画は最終段階へと入っている。今となってはヒルベルトたちの素性を隠す意味もない。

「なんの悪巧みかしら、ヒルベルト」

部下との会話を聞いていたのか、アニタがどこか警戒したように声をかけてくる。

彼女の馴《な》れ馴《な》れしい呼びかけにも不快感を見せることなく、ヒルベルトは事務的な笑みを浮かべてみせた。

「悪巧みではありませんよ、閣下。皇国の艦隊が王都から出て行ったそうです」

「どういうこと？　まさかティシナを連れ出したんじゃないでしょうね？」

「いえ。白の離宮に動きはありません」

「ああ、そう。ならいいわ」

ヒルベルトの説明に、アニタは安堵《あんど》の息を吐く。

帝国の協力者であるこの女公爵は、異母妹であるはずのティシナに露骨な敵意を抱いていた。自分が王位継承権を奪われた一方、見下していたはずのティシナが、他国の皇太子妃として嫁いでいくという事実がよほど腹に据えかねたのだろう。

おかげでヒルベルトたちは、戦術的にほとんど価値のないティシナの離宮に貴重な〝罠《トラップ》〟を仕掛けることを強要された。女公爵の身勝手な要望を叶《かな》えるために、かなりのリスクを抱えこむことになってしまったのだ。

「なによ。難しく考える必要はないでしょう。皇国の戦力が王都から勝手に消えたのなら、好都合じゃない。どうせあの傷物の皇太子の命もあとわずかよ。今さらなにか企《たくら》んだところで、もうどうにもならないわ」

「そうですね」

ヒルベルトは、アニタの子どもじみた言葉を淡々と聞き流した。

たしかにあと数時間も経《た》てば、王都は炎に包まれて多くの王族や皇族、貴族たちが命を落とすことになるだろう。そして彼女はまだ気づいてないが、その犠牲者の中には、役目を終えたアニタ自身も含まれているのだ。

「——閣下を安全な場所にお連れしろ。王都の騒動が見下ろせる一等地にな」

ヒルベルトは、手の空いた部下に半ば強引にアニタを押しつけた。

アニタは、まんざらでもない様子で言われるままについていく。

彼女の姿が見えなくなったところで、ヒルベルトは別の部下を呼び寄せた。そして声を潜めて確認する。

「狩竜機《シャスール》は何機動かせる？」

「王都に運びこんでいるのは四機です。残りは、王国軍の狩竜機《シャスール》を潰すために市壁の外に回していますので」

「持ちこんだ狩竜機《シャスール》はアルシノエだな。私にも一機残しておいてくれ。調律は汎用のままで構わない」

「中佐が出られるのですか？」

「閣下には文句を言われるだろうが、舞踏会の侵入者のこともある。念のためだよ」

「わかりました。そのように手配します」

頼む、と伝えて部下を送り出し、ヒルベルトは再び王都の景色へと目を向けた。

運河の流れる白亜の古都。大国であるレギスタン帝国にも、これほどの街並みは存在しない。

王国の民が誇らしく思うのも無理はない。だが——

「この景色も見納めか。それだけは残念だ」

めずらしく感傷的な気分になって、ヒルベルトは独りごちた。

王国に対して情が湧いたわけではない。だが、都市そのものに罪はない。

この美しい街並みが、あと一刻《いっとき》も経《た》たずに灰に変わる。

そう思うと多少の同情を覚えないではなかった。

だがそんな人間らしい感情は、次の瞬間、ヒルベルトの脳裏から完全に抜け落ちる。

「煉術《れんじゅつ》の効果時間は、あとどれくらい残っている？」

「あと四半刻《しはんとき》ほどです。効果時間には誤差があるとは聞いていますので、そろそろ動きがあってもおかしくはありませんが」

めずらしく焦《あせ》ったようなヒルベルトの質問に、傍《そば》にいた部下が慌てて答えた。

「あれは、なんの光だ？」

暁暗の闇に包まれた王都の路地に、炎のような眩《まばゆ》い光が点《とも》っていた。

それに合わせて、火薬の弾《はじ》けるような音が響く。火災と間違っても仕方のない光景だ。街路に立ちこめる白い煙が、炎に照らされて色とりどりに輝いている。

「み……見たところ花火のようですが――」

「花火だと？　こんな時間に、誰がそんな真似《まね》を？」

ヒルベルトたちが見守る中、大砲の発射音に似た轟音《ごうおん》が鳴り、王都の空が真昼のように白く輝いた。今度は確認するまでもなく、その正体がわかる。夜行性の魔獣を狩るために使用する、軍用の照明弾である。

寝静まっていた王都の市街が、見る間に騒がしさを増していた。

花火の騒音や照明弾の光に驚いて、人々が家を飛び出してきたのだ。

「王都内の斥候は引き上げてしまったのですが、今からでも調査に向かわせますか？」

「待て！」

ヒルベルトは浮き足立つ部下を制止した。

王都全域で一斉に騒ぎを起こして、人々を叩《たた》き起《お》こした人間がいる。それもヒルベルトたちが王都で騒乱を起こす直前の、狙い澄ましたようなタイミングで。

一人や二人の仕業ではあり得ない。完全に組織だった行動だ。

これほどの規模の騒動だ。すぐに王都の警備兵たちも動き出すだろう。

奇襲を仕掛けるはずだったヒルベルトたちにとっては最悪の展開だ。

騒動を起こすことで、王都の民と兵士に警戒を促す。

それが、この騒ぎを仕掛けた連中の目的だ。

いったい誰が——という疑問の答えは、すぐに出た。

王都の中心街から少し離れた場所にある小さな宮殿——

白の離宮の一部が、轟音《ごうおん》とともに崩れたからだ。

瓦礫《がれき》を払いのけるようにして姿を現したのは、純白の装甲に覆われた人型兵器だ。

「シャルギア王家の狩竜機《シャスール》……か」

ヒルベルトが、恐ろしく冷静な口調で呟《つぶや》いた。

だが、彼の口元に無意識に浮かんでいたのは、戦意に満ちた獰猛《どうもう》な笑みだった。

2

「お肉！」

ラスたちが滞在している離宮の裏手にある食品倉庫——

侍女の制服を着た亜人の少女が、その中に置かれた物体を見上げて瞳を輝かせた。

縦横十メートル近い氷の塊だ。

その中には巨大な魔獣が、まるごと一匹閉じこめられている。

全身を茶褐色の鱗《うろこ》に覆われた地龍。下位だが、れっきとした龍種《ドラゴン》である。

「間違ってはないが、こいつはまだ肉になる前の段階だな。眠ってるだけだ」

氷の中で眠る龍種《ドラゴン》を、ラスは顔をしかめて睨《にら》みつけた。

地龍の全身には無数の傷が刻まれているが、その傷はどれも深くない。

かすり傷とまでは言わないが、強靭《きようじん》な生命力を持つ魔獣にとっては、ちょっとばかり染《し》みるという程度の軽傷だ。つまりこの地龍は生きたまま、氷塊に閉じこめられているのである。

「まさか、これが〝食材〟なのですか？」

カナレイカが、啞然《あぜん》としたように呟《つぶや》いた。

昨晩、王宮の夜会で振る舞われた魚竜の肉を、彼女は思い出しているのだろう。

鮮度を保ったまま魚竜を輸送したものと同じ技術が、この地龍には使われている。

仮死状態の地龍を食材と偽り、堂々と離宮に運びこんだ者がいるのである。

「これなら王都に運びこめたのも納得だな。ただでさえ同盟会議の関係で、食材の輸入も増えてるだろうしな」

ラスは軽い頭痛を覚えながら首を振る。

乾燥した気候のこの大陸において、魔獣の肉は貴重な食料だ。軍や傭兵《ようへい》によって討伐された魔獣が、まるごと運びこまれてくることはめずらしくない。

大型魔獣は一体で数百人ぶんの食事を賄うことができるので、王都のような都市部では特に重宝されている。検疫担当の役人も、ほとんど気にも留《と》めずに、検査を終えたに違いない。

「この氷の表面は、煉気結晶《れんきけっしょう》で覆われてるのか──」

巨大な氷の塊に手を伸ばして、ラスは驚きに目を見張った。

氷に触れている指先からは、冷たさがまったく伝わってこない。薄い膜《フィルム》のような結晶が表面を覆って、内部の熱を遮断しているらしい。

ラスはその薄膜とよく似た物質を知っていた。

皇宮内にある霊廟《れいびょう》の地下で、休眠状態の狩竜機《シャスール》〝ヴィルドジャルタ〟を覆っていた煉気結晶《れんきけっしょう》である。

結晶の内部に閉じこめられていたヴィルドジャルタは、二十年以上放置されていたにもかかわらず、完全に外気から遮断され、いっさい劣化していなかった。

地龍を閉じこめているこの氷塊も、煉気結晶《れんきけっしょう》で覆われていることで、いつまでも溶けずにいるのだろう。

もちろん氷が溶けないことには、中の魔獣を食材として使えない。

そのことを奇妙に思った離宮の料理人たちが困惑し、その噂《うわさ》が侍女であるエマ・レオニーを通じてティシナに届けられた。そしてこの地龍の発見につながったというわけだった。

「ありがとう、ヴァル先輩。助かったよ」

包帯で左腕を吊《つ》っているヴァルデマールに、フィアールカが礼を言う。

ティシナが、この〝食材〟の危険性にすぐに気づけたのは、ヴァルデマールたちがクナウス女公爵の屋敷《やしき》から持ち帰った情報のおかげである。

「お役に立ってなによりだ。そんなわけで、帰って寝ても構わないか、殿下。こっちはいちおう重症患者なんだ。血が足りなくてフラフラしてるんだよ」

ヴァルデマールは、嬉《うれ》しくもなさそうな口調で言い捨てた。

情報提供者ということで呼びつけられたヴァルデマールだが、彼はほんの半日前まで出血多量で意識不明の重体だったのだ。文句を言いたくなるのも無理はない。

「煉術《れんじゅつ》で傷を塞いでもらったんじゃないのかい?」

「聖女の奇跡じゃないんだから、軍属の治癒煉術師《ちゆれんじゅつし》程度の治療で、ひと晩で全快するわけねえだろ。ああ、くそ。マジで酷《ひど》い目にあったぜ、あの帝国の銀髪野郎」

怪訝《けげん》な表情で訊《き》くフィアールカに、ヴァルデマールが言い返す。

皇太子に対して随分と無礼な物言いだが、そこは士官学校の先輩後輩ならではの気安さだ。傷の痛みで気が立っていることもおそらく無関係ではない。

「ヒルベルトと呼ばれている銀髪の煉騎士《れんきし》……ヒルベルト・ファリアスでしょうか」

カナレイカが、ヴァルデマールの言葉を聞いてぼそりと呟《つぶや》いた。

ラスは、真顔で考えこむ彼女に目を向ける。

「知り合いか、カナレイカ？」

「いえ、名前だけ。帝国の龍殺しです。直接会ったわけではないのですが、私とほぼ同時期に南大陸に来ていたと聞いています」

「つまり、その男は、魔獣の氷漬けを作る技術を、南大陸から帝国に持ち帰ることができたってわけか……」

「はい。そう考えると、この〝食材〟は、やはり帝国の罠《わな》なのでしょうね」

「ずいぶんと悠長で不確かな作戦だな。たしかに、この地龍がいきなり目を覚まして暴れ出したら、こんな離宮なんてひとたまりもないだろうけど……」

「ええ。それは私も気になっていたところです」

ラスの呟《つぶや》きに、カナレイカも同意した。

王都の中には、基本的に狩竜機《シャスール》を持ちこむことはできない。

それは王都を警備している軍の兵士も同じである。

分厚い市壁に守られた王都に魔獣が出現することはあり得ないのだから、狩竜機《シャスール》を持ちこむ必要もなかったのだ。

例外があるとすれば王宮に保管されている王族専用機だが、あれらは戦力というよりも、宝剣や王冠などと同じ、美術品に近い扱いだ。

そんな無防備な王都の中にいきなり龍種《ドラゴン》が出現したら、その被害は計り知れないものになるだろう。

しかしこうして事前に魔獣が発見されてしまえば、対処は容易だ。狩竜機《シャスール》の持ちこみが禁止されているとはいえ、緊急時なら例外は認められるし、王都の市壁のすぐ外には王都守備隊の狩竜機《シャスール》が待機している。

地龍は強力な魔獣だが、氷漬けで動けない今の状態なら、あっさり処理することも可能だろう。帝国が仕掛けた罠《わな》としては、あまりにも杜撰《ずさん》だ。ほとんどただの嫌がらせである。

「離宮に運びこまれていた魔獣は、こいつだけか？」

「はい。離宮の食材倉庫がいくら広いといっても、これだけの大きさの魔獣を何体も保管できるほどではありませんからね」

ティシナが苦笑を浮かべて答えた。

「持ちこんだのは、叔父でしょう。おそらく帝国に利用されただけだと思いますが」

「ルーメドの王弟が？　きみに罪を着せるのが目的か？」

「アニタ姉様の考えそうなことです」

離宮に運びこまれた魔獣が暴れて、王都に被害を出したなら、離宮の主であるマーヤ第五妃は確実に責任を問われる。彼女の娘であるティシナの悪評にも、更なる尾ひれがつくことだろう。ティシナを妬むクナウス女公爵にとっては望ましい展開だ。

だが、その結果として帝国の悪事の証拠を渡してしまったのは、控えめにいっても愚かとしか言い様がない。

「――とりあえず証拠は手に入ったんだ。こいつを王国軍に突き出して、帝国の工作員を捕まえれば、王都の危機は回避できたってことでいいのか？」

どこか気が抜けたような顔でラスが言う。

それを否定したのは、氷の結晶を眺めるフィアールカだった。

「残念だけど、そう上手《うま》くはいかないみたいだね」

「なぜだ？」

「この煉気結晶《れんきけっしょう》の術式には、崩壊までの時間制限が組みこまれている。一定時間が経過すると、自動的に消滅するようにね」

反則級《チートきゅう》に優れた煉術師《れんじゅつし》であるフィアールカが、煉気結晶《れんきけっしょう》に残された煉成式《れんせいしき》を解析する。ヴィルドジャルタを覆っていた煉気結晶《れんきけっしょう》の崩壊を、一度見ている彼女だからこそ可能な芸当だ。

「氷結系の煉術《れんじゅつ》の持続時間は長くない。表面を覆う煉気結晶《れんきけっしょう》がなくなれば、中にある氷もすぐに崩壊するよ。そうなったときに、無理やり氷に閉じこめられていた魔獣が、いつまでも大人しくしてるかな？」

「まさか……」

「そう。こいつは時限爆弾なんだよ。王都に運びこまれた魔獣は、おそらくこの一体だけじゃない。何十体もの魔獣が一斉に目覚めれば、壊滅的な被害が出るはずだ。ティシナ、きみの予言どおりにね」

フィアールカが、青ざめるティシナに視線を向けた。

龍種《ドラゴン》に匹敵する魔獣たちが、王都のあちこちに一斉に現れる。その光景を想像して、ラスですら怖気《おじけ》に襲われた。

黒の剣聖のような規格外の例外を除けば、たとえ一流の煉騎士《れんきし》でも、生身で龍種《ドラゴン》は倒せない。しかし王都の中に狩竜機《シャスール》はない。

市壁の外にいる王都の守備隊が異変に気づき、狩竜機《シャスール》を起動して駆けつけるまで、どれくらいの時間がかかるだろうか。そもそも出現する魔獣の数によっては、王都の守備隊だけでは対抗できない可能性すらある。

その場合、王都は壊滅的な被害を受け、数え切れないほどの死傷者で埋まる。

それが帝国側の工作員の目的。魔獣を使った大規模な破壊工作だ。

「――主様《あるじさま》、こいつ、もう起きてるよ」

氷漬けの地龍を見ていたココが、無邪気な口調でラスに告げる。

ココの正体は、ヴィルドジャルタの外部端末だ。狩竜機《シャスール》の感覚器《センサー》と同等の性能を持つ彼女の知覚は、人間の五感を遥《はる》かに凌《しの》ぐ。

その優れた知覚で、彼女は地龍の心音をとらえたのだ。

仮死状態だったはずの地龍が、目覚めている。あとは地龍の動きを縛っている氷塊が消滅すれば、この巨大な魔獣はすぐさま動き出すだろう。

傷つき、捕らえられたときの怒りのままに――

「煉気結晶《れんきけっしょう》は、あとどれくらい保《も》つ!?」

ラスがフィアールカを振り返って訊《き》いた。フィアールカは静かに首を振る。

「持続時間が切れたから、術式の正体が読めたんだ。残念だけど、時間切れだよ」

「冷静に言ってる場合か……！」

思わず声を荒らげたラスの眼前で、煉気結晶《れんきけっしょう》の薄膜がひび割れた。

細かな亀裂が氷塊の表面全体に広がって、光の粉を散らして薄膜は消滅。

それがきっかけとなったように、内部の氷塊にも亀裂が走った。冷気をまき散らしながら瞬《また》く間《ま》に氷塊が崩れ落ち、地龍の全身が露《あら》わになる。

「おい、冗談だろ……!?」

ヴァルデマールが混乱したように叫んだ。ただでさえ負傷でボロボロなのに、いきなり生身で龍種《ドラゴン》と遭遇する羽目になったのだ。彼が慌てふためくのも無理はない。

しかしこの場にいるほかの人間は、全員、異様なほどに冷静だった。

ココやフィアールカは当然のこと、エルミラやカナレイカ、ティシナまでもが、動き出した地龍を平然と眺めている。

そして立ち上がった地龍が騒々しい咆哮《ほうこう》を上げたのを確認して、フィアールカが、素っ気なく口を開いた。もう少し観察していたかったけど仕方ない、といわんばかりの態度だった。

「ラス、任せた」

「やれやれ……結局、こうなるのか」

うんざりしたように首を振り、ラスが無造作に剣を抜く。

刃渡り一メートル近い長剣だが、全長十メートルを超える地龍の前では、あまりにも細く頼りない武器だ。

ラスはその剣を地面と水平に構え、地龍を正面から睨《ね》めつけた。

励起した石剣が緋色《ひいろ》の輝きを放ち、その輝きが剣身からあふれ出す。

形成されたのは、高密度の煉輝刃《アウラエツジ》が作り出す巨大な煉気《れんき》の槍《やり》。ラスはその緋色《ひいろ》の槍《やり》を、襲い来る龍種《ドラゴン》に向けて弩弓《どきゅう》のように撃ち出した。

黒の剣技の基本技の一つ〝金剛剣《ヴァジュラ》〟――

その一撃は、龍種《ドラゴン》の強靱《きょうじん》な鱗《うろこ》を魔獣がまとう生体障壁ごとあっさりと貫通し、地龍の心臓を吹き飛ばした。

攻撃の音が聞こえてきたのは、それから一瞬遅れてのこと。音速を超えた攻撃の余波が大気を軋《きし》ませ、石造りの巨大な倉庫を揺らす。およそ人間業とは思えない非常識な威力の攻撃だ。

「オ……超級剣技《オーバーアーツ》か⁉　なんだ、この威力……」

ぽかんと顎を落としたヴァルデマールが、どうにかそれだけを口にした。ここにいる人間の中では、唯一まともな反応だ。

エルミラはラスの活躍に複雑そうな表情を浮かべ、カナレイカは目を爛々《らんらん》と輝かせてラスの絶技に見とれていた。主様《あるじさま》すごい、とココは飛び跳ね、ティシナはうっとりと頬を染めている。そしてフィアールカはむしろ当然といった表情で、なんなら攻撃に巻きこまれて散らばった食材のことを気にしていた。

「さすがにフォンみたいに一撃というわけにはいかないな」

一方のラスは、重傷を負ってなおも動き続ける地龍を、不満そうに見つめた。

龍種《ドラゴン》の生命力は非常に強く、時として失った心臓すら再生させることがある。ラスの金剛剣《ヴァジュラ》の一撃では、地龍を殺しきることができなかったのだ。

「悪く思うなよ」

闘志に目をぎらつかせた地龍に語りかけ、跳躍したラスが再び剣を振るった。

上段から振り下ろしたラスの斬撃が、まるで断頭台の刃のように地龍の太い首をすっぱりと切り落とす。ヴィルドジャルタに乗ったラスが、グラダージ大渓谷で水龍の首を落としたのと同じ技だった。

「盤古剣《ばんこけん》……ですね。黒の剣技、四十八手の一つ」

着地して地龍の絶命を確認するラスに、ティシナが背後から呼びかけた。

「ああ。だが、さすがにこのレベルの技を連発はできない。下位龍とはいえ、何体も出てこれるとさすがにつらいな」

そう言ってラスは、自分の石剣をティシナの前に掲げた。部分安定化ジルコニアの刃には、刃毀《はこぼ》れの代わりに毛細血管のような細かな亀裂がびっしりと走っている。

ラスの攻撃の反動——というよりも、剣技の威力に剣自体が耐えられなかったのだ。黒の剣聖フォン・シジェルが、素手の攻撃を多用するのもこれが原因である。常軌を逸した破壊力を持つ黒の剣技の最大の欠点だ。

「いやいや、つらいとかそういう問題じゃないだろ。なんで生身で普通に龍種《ドラゴン》を倒してるんだよ、おかしいだろ⁉」

切断された地龍の首を呆然《ぼうぜん》と見つめて、ヴァルデマールが叫ぶ。

フィアールカは、それをきっぱりと無視して傍《そば》にいるエルミラに呼びかけた。

「エルミラ。王都で騒ぎを起こすように銀の牙に伝えて欲しい。やり方は任せるよ」

「騒ぎ、ですか？」

エルミラが怪訝《けげん》そうに片眉を上げた。フィアールカの唐突な命令の意味を、側近である彼女もすぐには理解できなかったのだ。

しかしフィアールカは構わず指示を続けた。

「できるだけ多くの兵士を、臨戦態勢にさせておきたいんだ。そうだね、花火なんかいいんじやないかな。なるべく派手にやってくれるかな」

「直ちに」

エルミラは一礼してすぐにその場から駆け出した。

続けてフィアールカは、自らの近衛《このえ》隊長《たいちょう》に顔を向け、

「カナレイカは、王都の外に残してきた部隊の指揮を頼むよ。できれば帝国の妨害が入る前に、ありったけの狩竜機《シャスール》を起動しておいて。それから公国《アガーテ》と共和国《ダロル》の護衛艦隊とも情報を共有を」

「――御意」

「あー、それからヴァル先輩は、お疲れさま。もう帰って寝ていいよ」

「こんなもの見たあとで寝られるか！」

フィアールカに明るく呼びかけられて、ヴァルデマールは唸《うな》り声《ごえ》を上げた。

王都に大量の魔獣が持ちこまれていることが判明し、実際に目の前でその一体と対面した直後だ。どんな豪胆な人間でも、この直後に安眠するのは不可能だろう。

フィアールカは、おやおやと肩をすくめて、

「そうか。じゃあ、シャルギア王への伝言を頼もうかな。今わかっている王都の危機についての報告を。この宝剣を見せれば、信用してもらえると思うから」

「命令の内容が極端すぎるだろ……！」

皇族の代理であることを示す紋章入りの短剣を受け取りながら、ヴァルデマールは疲れた顔

をした。帰って寝ろと言われた直後に、隣国の王との謁見を指示されたのだ。あまりの落差に、ヴァルデマールの気持ちの切り替えが追いつかない。

「ラスは、もうわかっているね」

「ああ。こいつの出番だな」

フィアールカと目を合わせたラスが、ココの頭に手を置いてうなずいた。ラスの口元に浮かんでいるのは、死ぬほど面倒だが仕方ないと開き直った諦観の笑みだ。

「そうだね。頼んだよ、ココ」

「わかった！　ココの出番！」

フィアールカに微笑《ほほえ》みかけられたココが、勢いよくうなずいた。明らかになにもわかっていないという反応だが、彼女の場合はそれで問題ないのだろう。

そして最後にフィアールカは、ドレスをまとった金髪の少女に目を向ける。

「そういうわけだから、行こうか、ティシナ」

「……私ですか？」

自分に声がかかるとは思っていなかったのか、ティシナがびっくりしたようにフィアールカを見つめ返す。肩書きだけの王女であるティシナには、王都の守備兵を動かす権力はない。もちろん魔獣と戦う力もない。

しかしフィアールカは、そんなティシナに向かって手を伸ばし、そして挑発的に告げるのだった。

「そうだよ、私の婚約者殿。きみの願いを叶《かな》えてあげよう」

3

それから数分も経《た》たないうちに、ティシナは狭いシートに押しこめられて悲鳴を上げていた。シートベルトで雁字《がんじ》搦《がら》めにされた彼女の周囲には、張り巡らされた帯煉粒子《アウロン》の弦《いと》が、星のような瞬《また》きを続けている。

「う、嘘《うそ》でしょう……!?　フィアールカ・ジェーヴァ・アルゲンテア、あなた……！」

「きみが言い出したことじゃないか。狩竜機《シャスール》に乗りたかったって」

「そうだけど、そういう意味じゃない！」

狩竜機《シャスール》〝レスカー〟のコクピット。操縦席に跨《また》がっているのは、仮面を外した銀髪の皇女だ。彼女の背後にある狭い予備座席にティシナは座っている。より正確に言うなら、無理やり詰めこまれた、というほうが実態に近い。

フィアールカは半ば騙《だま》し討《う》ちのような形でティシナをコクピットに連れこんで、そのまま狩竜機《シャスール》を起動したのだった。

「少なくともこの機体は、きみがいることに喜んでいるけどね。さすがはシャルギア王家の狩竜機《シャスール》だ」

「そ、そういうものなの、狩竜機《シャスール》って」

フィアールカの説明を聞いて、ティシナの表情から険しさが薄れる。

わけがわからないまま狩竜機《シャスール》に乗りこむ羽目になったとはいえ、ティシナとしても乗り手《ジョッキー》への憧れがなかったわけではないのだ。王家伝来の銘入りの狩竜機《シャスール》が、自分の存在を認めてくれると思えば、多少のうれしさはある。が——

「うん。まあ、嘘《うそ》だけど」

「嘘《うそ》なの⁉　騙《だま》したの⁉」

「きみがいなければ、起動できなかったのは本当だよ。各国の王家や皇家に伝わる狩竜機《シャスール》には、たいていその手の認証回路が組みこまれてるから」

「だからって私を連れて戦場に出る必要があった⁉」

狩竜機《シャスール》が起動した時点で自分は降りてもよかったのではないか、とティシナは、当然の疑問を口にする。

しかしフィアールカはなにも答えず、着座していたレスカーを立ち上がらせた。

ティシナの離宮には狩竜機《シャスール》の格納庫がなかったため、レスカーを格納していたのは、駕《が》車用《しやよう》の車庫《ガレージ》である。出入り口が狭いせいで、起動した狩竜機《シャスール》はどのみち通れない。

フィアールカは躊躇《ちゆうちよ》することなく車庫《ガレージ》の屋根を吹き飛ばし、離宮の正面へと移動する。慣れないコクピット内で振り回されているティシナには、それを咎《とが》める余裕もなかった。シートから振り落とされないようにするだけで精いっぱいだ。

「エルミラは、きっちり仕事をしてくれたみたいだね」

王都のあちこちで燃え上がっている花火を眺めて、フィアールカは満足そうに呟《つぶや》いた。

眠っていた王都の住民も起き出してきて街の様子をうかがっているし、すぐに警備の兵士たちもやってくるだろう。魔獣が出現したことに気づかず、逃げる間もなく潰されるという最悪の事態だけは避けられるに違いない。

「王都の警備兵を引っ張り出した意図はわかるけど、彼らには魔獣と戦うほどの力はないわよ」

「だろうね。でも、王都の住民の避難誘導くらいは期待しているよ。できれば狩竜機《シャスール》の戦闘に人間を巻きこみたくはないからね」

「そうね……それはそう……」

不満げに唇を歪《ゆが》めつつも、ティシナはフィアールカの言葉に同意した。

それから何分も経《た》たないうちに、王都の空が赤く染まった。

王都をぐるりと取り囲む市壁の外で火災が起きている。タイミングから考えて、ほぼ確実に放火だろう。

「王都守備隊の基地の方角よ」

ティシナが、夜空に立ち上る黒煙を睨《にら》んで言った。

王都守備隊は文字どおり、王都を防衛するために配備されたシャルギア王国軍の戦闘部隊である。彼らの本来の任務は王都の外から来る魔獣の排除だが、実際には王都の陸港に寄港する商船や傭兵団《ようへいだん》の監視に当たることが多い。

いずれにしても、彼らが、もっとも王都に近い位置にいる狩竜機部隊《シャスールぶたい》なのは間違いない。それはつまり帝国が、もっとも警戒する存在ということだ。

「帝国側の破壊工作だろうね。守備隊が保有している狩竜機《シャスール》の起動を妨害するのが目的か」

「冷静に分析してる場合？」

「王国軍の基地の防衛までは、さすがに責任を持てないよ。これは本来、王国側が処理するべき問題だ」

現実的なフィアールカの指摘に、ティシナは、うっ、と言葉を詰まらせた。

フィアールカたちがティシナに協力しているのは、帝国軍の王国侵攻を放置すると、同盟関係にある皇国にも累が及ぶからである。他国人《よそもの》である彼女たちには、基本的に王国内の軍隊に干渉する権利も義務もない。

「こちらは王都の被害を防ぐだけで手いっぱいなんだけど、さて、肝心の魔獣はどこから来る……？」

狩竜機《シャスール》の索敵機能を全開にしながら、フィアールカは眼下に広がる王都を見回した。

「食材として王都に運びこまれたのよね。だけど氷漬けの魔獣なんて大きなものを目立たずに保管しておける場所なんて、そう何カ所もないはずよ。王都は古い街だから小さな建物が多いし、せいぜい運河沿いにある商館の倉庫くらいしか……」

ティシナも真剣に考えこむ。

離宮の食品倉庫は例外的に広かったが、それは離宮の敷地《しきち》自体が広大だからだ。王都には、あれだけの広さを持つ倉庫など滅多にない。

もしも普通の商館などに氷漬けの魔獣が持ちこまれていたら、もっと話題になっていたはずだ。しかし銀の牙の密偵たちの耳にも、そんな噂《うわさ》は聞こえてこなかった。

しかし、王都内に多数の魔獣が持ちこまれているのはほぼ間違いない。

持ちこまれた魔獣は、どこに消えたのか――

「そうか……運河……！」

自分自身が口にした言葉に、ティシナはハッと顔を上げた。

「魔獣はどこにも保管されていない。今も運んでる最中なのよ。帝国は水路を使って魔獣を王都に運びこんで、あとはそのまま運河に浮かべておいたんだわ」

「船か……！」

フィアールカがレスカーの煉核回路《れんかくかいろ》を活性化させ、一気に戦闘出力へと引き上げた。純白の狩竜機《シャスール》の機体が炎のような輝きに包まれて、空中に複雑な煉成陣《れんせいじん》が描かれる。

何層にも重なったその煉成陣《れんせいじん》から放たれたのは、眩《まばゆ》く輝く灼熱《しゃくねつ》の閃光《せんこう》——第六等級の中位《ちゅうい》煉術《れんじゅつ》【炎閃《えんせん》】だ。

プラズマ化した炎の槍《やり》が、閃光《せんこう》と化して夜明け前の空を引き裂いた。

煉術砲撃《れんじゅつほうげき》が撃ち抜いたのは、運河に浮かぶ小型の輸送船である。

単体攻撃としては最強クラスの対大型魔獣《たいおおがたま じゅう》用煉術《ようれんじゅつ》をまともに喰《く》らって、無人の輸送船は木《こ》っ端微塵《ぱみじん》に砕け散る。

「フィ……フィアールカ……!?」

無警告で民間船舶を吹き飛ばした銀髪の皇女に、ティシナは絶句した。やはりこいつはやべーやつだ、とドン引きした表情を浮かべて、運河の被害状況を確認する。

そんなティシナの表情が不意に強《こわ》ばった。

煉術《れんじゅつ》の炎に包まれた運河の水面に、黒い鱗《うろこ》に包まれた巨大な魔獣が、氷の欠片《かけら》をまき散らしながら顔を出したからだ。

「……なるほど、ワニか。さすがの帝国も、龍種《ドラゴン》を何体も生きたまま捕らえることはできなかったみたいだね」

魔獣の姿を観察しながら、フィアールカが面白そうに言う。

輸送船に積まれていた魔獣は、ボアクロック。ワニに似た姿の大型魔獣であり、狩竜機《シャスール》の骨格すら嚙《か》み砕《くだ》く強靱《きょうじん》な顎と、凄《すさ》まじい突進力を持っている。傭兵殺《ようへいごろ》しという異名で恐れられている、脅威度の高い怪物だ。

「全長十メートル超えのワニなんて、龍種《ドラゴン》でなくても普通に高ランクの魔獣ですからね⁉」

「異能を使ってこないだけ、まだマシだよ」

フィアールカは狩竜機《シャスール》を前進させて傷ついた魔獣との距離を詰め、装備した剣を無造作に振るってとどめを刺す。煉術砲撃《れんじゅつほうげき》で瀕死《ひんし》の重傷を負っていたこともあり、ボアクロックはあっさりと絶命した。

ティシナは不快感に耐えるような表情で、その光景を見つめていた。

不快感の原因の半分は、魔獣の死を間近で目撃したことだ。

自らの乗った狩竜機《シャスール》が生き物の命を奪う瞬間というのは、さすがのティシナにとっても、それなりに衝撃的な体験だったのだ。

そして残る半分は、狩竜機《シャスール》の乗り心地の悪さが原因だった。

兵器である狩竜機《シャスール》の居住性は控えめにいっても最悪で、着地の際の衝撃や、加減速のたびに襲ってくる加速度《G》は半端《はんぱ》なものではない。フィアールカは相当手加減してくれているのだろうが、煉気《れんき》をまとえないティシナにとっては、ほとんど拷問も同然だった。

それでもフィアールカがティシナを狩竜機《シャスール》に乗せたのは、べつに嫌がらせが目的ではない。

それはティシナにもわかっていた。

「ティシナ、王都の民と兵士たちが混乱している。彼らを落ち着かせるのが、きみの仕事だ。

目立つのは得意だろうし、任せるよ」

フィアールカが、ティシナをからかうように言った。

狩竜機《シャスール》の感覚器がティシナに伝えてくる視界には、怯《おび》える人々の姿が映っている。

王都に突然魔獣が現れて、得体の知れない狩竜機《シャスール》がそれを倒したのだ。人々が混乱するのも当然だ。

「べつに得意じゃないけど、いいわよ。やるわよ。私がやればいいのでしょう」

ティシナは半ばやけくそ気味に叫んで、必死に呼吸を整えた。

冷遇されてきた第四王女が、王族として公務に携わる機会などあるわけがない。民衆相手に演説したことはおろか、大勢の人前で喋《しゃべ》った経験すら数えるほどだ。

それでも、この場で人々に声をかけるのは、ティシナでなければならなかった。

他国の皇族であるフィアールカでは、彼らの信用を得られない。

人々の説得は、シャルギアの王女であるティシナにしかできない役目なのだ。

「――王都の民に告げる。我が名はティシナ・ルーメディエン・シャルギアーナ。シャルギア王国第四王女である」

狩竜機《シャスール》に搭載された拡声器が、ティシナの声を王都に響かせた。

悪名高き第四王女の名に、人々の表情には困惑が浮かぶ。

しかしティシナが恐れていたほどには、彼らは失望の色を見せなかった。

ティシナ自身も知らないことだが、王都の庶民たちの間では、悪役王女の人気は意外に高いのだ。多くの不正貴族を陥れ《おとしい》、気前よく労働者に金をばらまき、新しい菓子や薬草などの普及に努めてきたティシナは、新聞の紙面をしばしば賑《にぎ》わせてきたからだ。ろくに顔や名前も知らないほかの王族たちに比べれば、知名度や親しみやすさが段違いなのである。

そんなティシナだからこそ、人々はあっさりと受け入れた。あの悪役王女なら、こんな騒動の中心にいても無理はないと誰もが納得したのだ。

「現在、王都に出現している魔獣は、卑劣な策を弄したレギスタン帝国によって持ちこまれたものである。繰り返す。魔獣は、レギスタン帝国の尖兵《せんぺい》である」

唐突とも思えるティシナの言葉に、演説を聞いていた人々の表情が変わった。

王都では、今日からシュラムランド同盟会議が開催される。そのことは王都の民なら誰もが知っている。

そのシュラムランド同盟の仮想敵国は、レギスタン帝国だ。彼ら帝国が王都で騒ぎを起こそうとしているといわれれば、ピンとくる人間は多かった。

「しかし恐れる必要はない。魔獣どもは、我が婚約者――アルギル皇国のアリオール・レフ・アルゲンテア皇子と、このシャルギア王家の狩竜機《シャスール》〝レスカー〟が必ず討ち果たす。王国の兵士は、それまで王都の民を守れ！」

ティシナが勢い任せに宣言すると同時に、フィアールカは高らかに剣を掲げた。

王族専用機であるレスカーの装甲には、シャルギア王家の紋章が刻まれている。

警備兵たちはすぐにそれに気づいて、この演説が真実だと悟った。

ほぼ同時に王都のあちこちで、覚醒した魔獣たちが暴れ始める。

出現地点は、ほぼ王都全域。

水資源に恵まれている王都には、運河が網の目のように張り巡らされている。帝国はそれを利用して、魔獣たちを計画的に配置したらしい。

「いい演説だったよ。上出来だ」

「それはどうも……」

フィアールカの賞賛に、ティシナは無愛想な返事をする。にやけながらそんなことを言われても、素直に感謝する気にはなれない。

「そんなことより、本当に魔獣を倒しきれるの？　すごい数よ？」

「無理だね」

「は!?」

あっさりと匙《さじ》を投げたフィアールカを、ティシナは目を見開いて凝視する。

残念だけど、とフィアールカは真顔で告げる。ふざけているわけではないらしい。

「地龍はもちろん、さっきのボアクロックだって、本来は狩竜機《シャスール》の小隊《パーテイー》単位でようやく相手ができるレベルの魔獣なんだ。いくらレスカーが銘入りの狩竜機《シャスール》でも、一機で相手にするのは自殺行為だよ」

　フィアールカの説明を、ティシナは黙って聞いていた。

　皇女の言葉は真実だ。フィアールカは煉術師《れんじゅつし》としても、そしておそらく煉騎士《れんきし》としても反則級《チートきゅう》の力を持っている。

　だがそれでも、たった一機の狩竜機《シャスール》にできることには限界があるのだ。言われてみれば当たり前のことだった。絶望するほど簡単な理屈だ。

「おまけにこちらは狩竜機乗り《シャスール・ジョッキー》ではないきみが乗っているせいで、本気で戦えない。あれだけの数の魔獣を相手にするのは、常識的に考えて不可能だ」

「だったら……どうして……」

　ティシナが声を詰まらせる。

　フィアールカの協力が得られれば、すべて上手《うま》くいくと思っていた。

　彼女もそしてティシナ自身も、あらゆる手を尽くしたつもりだった。

　しかし王都の中にいる狩竜機《シャスール》は一機だけだ。この事実は覆《くつがえ》せない。

　ゆえにティシナたちの力では、王都の壊滅は防げない――

「だから、こちらも非常識な戦力をぶつける」

　唇を噛《か》みしめるティシナとは裏腹に、フィアールカは楽しげに笑って言った。

　その直後、ティシナもそれに気づいた。

狩竜機《シャスール》〝レスカー〟の視界の隅に、王都の上空を横切る巨大な影が映る。

それは緋色《ひいろ》の翼を広げた魔狼《マナガルム》だった。

単体での飛行能力を持つ、漆黒の可変型《かへんがた》狩竜機《シャスール》だ。

それは王都の市壁を軽々と飛び越えて、主人の待つ白の離宮へと着地する。

その機体の名前をティシナは知っていた。かつて何度となく目にした機体だ。悪夢のような未来の記憶の中で――

「ヴィルドジャルタ……」

金髪の王女は、その名前を呆然《ぼうぜん》と口にした。

銀髪の皇女は、菫色《すみれいろ》の瞳を輝かせ、祈るように小さく呟《つぶや》いた。

「あとは任せたよ、ラス。たった一人の、私の最後の希望《ラスト・バタリオン》――」

4

「主様《あるじさま》、お待たせ！」

侍女の衣装を着た亜人の少女が、離宮の庭園へと駆け出していく。

そんな彼女の背後に、金属製の巨大な黒狼《こくろう》が着地した。

黒狼《こくろう》はその場で変形し、漆黒の狩竜機《シャスール》へと変わる。ラスがアルギル皇帝より下賜《かし》された銘入りの機体——ヴィルドジャルタだ。

「よくやった、ココ。よく一人でここまでこれたな、偉いぞ」

「えへへへーっ」

王都郊外の野営地で待機していたヴィルドジャルタは、外部端末であるココが呼び寄せたことで、無人のままラスの元へと飛んできた。

自らの意思を持つ狩竜機《シャスール》はいくつか前例があるが、ここまで自由奔放な機体は、間違いなくヴィルドジャルタだけだろう。

あのフォン・シジェルですら、手に負えないと判断して封印した機体だが、今回に限ってはそのデタラメさが、ラスたちにとって有利に働いた。

王都への狩竜機《シャスール》の侵入を防ぐために様々な策を弄した帝国側も、まさか勝手に空を飛んでくるような狩竜機《シャスール》が存在するとは想像していなかったに違いない。

ラスがコクピットに乗りこむと同時に、帯煉粒子《アウロン》で構成されていたココの肉体が消滅した。代わりにヴィルドジャルタの両目が深紅の輝きを放ち、感覚器が外の様子を伝えてくる。

「いちばんヤバそうなのは、王宮か。まあ、そうなるよな」

ティシナの離宮に地龍が運びこまれていたのと同様に、王宮の食材倉庫にも氷漬けの魔獣が届けられていたらしい。

ラスが倒したものよりも大型の地龍が三体。なにがなんでも確実にシャルギア王を抹殺したいという、帝国側の願望が透けて見えるかのようである。

「時間がない。さっさと片付けさせてもらうぞ！」

ラスは剣を引き抜くと、間髪入れずに超級剣技《オーバーアーツ》を発動した。

黒の剣技の基本技の一つ――雷霆剣《らいていけん》。

すれ違いざまに放たれた横薙《よこな》ぎの斬撃が、地龍の巨体を一撃で両断する。

「まず、一体！」

雷霆剣《らいていけん》は、煉術《れんじゅつ》によって生み出したプラズマの膨張圧で、狩竜機《シャスール》本体を加速させるという奇襲技だ。動きが直線的なため軌道が読まれやすいという欠点があるが、すべての黒の剣技の中でも最大の突進力を持っている。

その圧倒的な速度を維持したままで、ラスは残る二体の地龍を容赦なく屠《ほふ》った。

一瞬で絶命した地龍たちはもちろん、その様子を見ていた王宮の兵士たちも、なにが起きたのか理解できなかっただろう。暴風のような黒い影が通り過ぎたかと思ったら、地龍たちが死体となって転がっていたのだから。

「これで王宮はなんとかなったか――」

ラスはヴィルドジャルタを旋回させて、王都の市街地へと目を向ける。

すでに王都では多くの建物が破壊され、あちこちで火の手が上がっていた。怒りに支配されて暴走する魔獣たちと、逃げ惑う人々。ついさっきまでの静けさが嘘《うそ》のような、凄惨な光景だ。

しかし街路にあふれた避難民のせいで、ラスは街に踏み入ることができない。

古都である王都の街路は狭く、そもそも狩竜機《シャスール》を動かすのに向いていないのだ。

一方で魔獣たちはそんなことなどお構いなしに、平然と人々や建物を踏み潰しながら移動する。そしてラスが足踏みしている間にも、犠牲者を次々に増やしている。

「これが……帝国のやり方か……」

冷静な声で呟《つぶや》きながらも、ラスは目が眩《くら》むほどの怒りに襲われていた。

本来なら魔獣から民間人を守るべき軍人が、民間人を襲わせるために魔獣を捕らえて送りこんできたのだ。帝国の騎兵たちは、狩竜機乗り《シャスール・ジョッキー》として許される一線を越えている。

これならば、師匠《フォン》も文句を言うことはないだろう。この瞬間、ラスは迷いなくすべての黒の剣技を解禁することを決意した。

「なら、こっちも遠慮なしにやらせてもらうぞ……！」

咆哮《ほうこう》とともに、ヴィルドジャルタが市街地に向けて跳躍する。

しかし着地した場所は、人々であふれた街路ではなかった。同じように街全体に張り巡らされていながら、誰もいない場所――運河である。

正確には、運河に係留された船の上だ。

材木などを積んだ無人の運搬船。その上にヴィルドジャルタが着地する。

全身に金属製の人工筋肉を張り巡らせた狩竜機《シャスール》は、細身だが見た目以上に重量がある。その中でも、大型の可変機構を備えたヴィルドジャルタは特に重い。当然、着地の衝撃に耐えきれず船体が軋《きし》むが、船が沈む前にラスは再び跳躍し、次の船へと移動していた。

「さすがにフォンみたいにはいかないが、これなら……！」

もしかしたらフォンならば、船を使わず、煉気《れんき》だけで狩竜機《シャスール》を水面に立たせるかもしれない。もちろん常識で考えればそんなことはあり得ないのだが、彼女には、そういう不可能なことを平気でやってのけそうな怖さがある。

ラスには同じことはできないが、今はこれだけで充分だ。

もともと魔獣たちも船上で眠らされていたため、運河からそう遠くない場所にいる。ラスにとっては好都合だ。

「ボアクロックにバジリスク……フレイムタートルまでいるのか……！　よくもまあ、これだけの魔獣を集めてきたな……」

くだらない努力をしやがって、と悪態をつきながら、ラスは目につく魔獣を片っ端から斬り伏せていった。

十体目までは覚えていたが、途中で面倒になって数えるのをやめる。倒しても倒してもキリがないからだ。

『相変わらず無茶をするね、ラス』

「フィアールカか！」

ラスが一撃で倒し損ねた魔獣を、離れた場所から飛来した閃光《せんこう》が撃ち抜いた。フィアールカたちが乗る純白の狩竜機《シャスール》——〝レスカー〟の煉術砲撃《れんじゅつほうげき》だ。

『王都の警備兵が住民を誘導している。広場や大通りは戦闘に使えるはずだ』

「そいつは助かるな。シャルギアの兵士もいい仕事をするじゃないか」

『私の指示が適切だったからね』

誇らしげな声で通信に割りこんできたのは、レスカーに同乗しているティシナだった。どことなく息も絶え絶えなのは、慣れない狩竜機《シャスール》の動きに振り回されているせいだろう。

『王宮に現れた地龍はきみが排除してくれたみたいだし、ひとまずシャルギア王は無事なはずだよ。もともとが奇襲攻撃だからね。時間が経《た》てばこちらが有利になる。最初の混乱を乗り切った時点で、こちらの勝ちはほぼ確定だよ』

「そのわりには終わりが見えないいんだが……！　帝国はいったいどんだけの魔獣を王都に持ちこんだんだ⁉」

『運河に係留されてる船の数からして、いいとこ三十体ってところだよ。きみなら、それくらい余裕でしょう？』

「簡単に言ってくれる……！」

楽天的なフィアールカの言葉に、ラスは気怠《けだる》げに息を吐いた。これだけ戦い続けたにもかかわらず、魔獣たちはまだ半分以上も残っているらしい。

『──いや、済まない、ラス。今のは取り消しだ。新手だよ』

「新手？」

無線から流れ出したフィアールカの真剣な声に、ラスは表情を引き締めた。

その瞬間を狙い澄ましたように、強烈な煉気《れんき》が吹きつけてくる。第五等級の中位《ちゅうい》煉術《れんじゅつ》【抛《ほう》砲《ほう》】。岩塊を砲弾として撃ち出す煉術砲撃《れんじゅつほうげき》だ。

「なんだ、あいつは……」

煉術砲撃《れんじゅつほうげき》を放ってきたのは、市街地に突然現れた青銅色《せいどういろ》の狩竜機《シャスール》だ。

ヴィルドジャルタやレスカーよりも、ひと回り小さく、機体そのものも簡素である。数打ちと呼ばれる量産型の狩竜機《シャスール》。しかしラスの知らない機体だった。

狩竜機《シャスール》とは本来、貴族の血統の象徴であり、数打ちといえども美しく飾り立てるのが主流である。

しかしその機体は美しさよりも、不吉という印象のほうが強かった。頭部が鬼を思わせる不気味な仮面に覆われていたからだ。

『帝国の新型だね。さすがに魔獣任せじゃ埒《らち》が明かないと判断したかな？』

フィアールカが不愉快そうな口調で言った。

姿を現した帝国製の狩竜機《シャスール》は四機。おそらく王都が崩壊したあと、仲間を脱出させるために用意しておいた戦力なのだろう。

魔獣が数を減らしてシャルギア王を殺せないことが決定的になったことで、彼らは、その予備戦力を投入してきたのだ。

「まさか、あいつら……こんな街中で狩竜機戦《シャスールせん》をするつもりか⁉」

剣を抜く帝国の狩竜機《シャスール》を見て、ラスは表情を凍らせた。

狩竜機《シャスール》という兵器は、市街地での戦闘を想定していない。高速で動き回る狩竜機同士《シャスールどうし》が王都で戦えば、魔獣相手とは比較にならないほどの被害を周囲にもたらすことになるだろう。

「やめろ！　足下に非戦闘員がいるんだぞ！」

『そうだな。だが、我が帝国の民ではない』

拡声器を使って怒鳴るラスに、公開無線を使って帝国の狩竜機乗り《シャスール・ジョッキー》が答えてくる。

相手が会話に応じたこと以上に、その内容にラスは驚愕《きょうがく》した。相手は民間人を戦闘に巻きこむことに、なんのためらいも感じてないのだ。

「おまえがヒルベルト・ファリアスか」

『私の名を知っている？　やはりあの灰色の髪の男は、皇国が放った密偵だったか』

帝国の狩竜機乗り《シャスール・ジョッキー》が、あからさまに不快な声を出す。

皇国の諜報員《ちょうほういん》をみすみす招き入れ、今回の破壊工作に帝国が関与しているという情報を与えた。その結果、皇国の介入を許し、用意した魔獣の半分近くをすでに倒された。潜入工作員であるヒルベルトにとっては、大きな失態だ。彼がここまで強硬的な手段に出ているのは、それを自覚しているからだ。

『その漆黒の狩竜機《シャスール》――貴様が皇国の龍殺しだな』

ヒルベルトの狩竜機《シャスール》が搭載している煉核《コア》は二基。数打ちとしては高性能な機体といえるが、ラスのヴィルドジャルタには遠く及ばない。

それでもラスが手を出しかねているのは、ヒルベルトが王都の街を楯《たて》にしているからだ。

建物の中には、まだ逃げ遅れた人々が多く残っている。

それを知るラスは、まともにヒルベルトと戦えない。強力すぎるヴィルドジャルタの攻撃は、たやすく周囲の建物を巻きこんで破壊するからだ。

『なぜ戦わない、ラス・ターリオン？　ここはもう戦場だ。弱者がいるべき場所ではない。戦う力を持たない者たちに、貴様が守る価値などありはしないのだ』

「他国の王都を勝手に踏み荒らしておいて、ずいぶん勝手な言い草だな！」

青銅色《せいどういろ》の狩竜機《シャスール》の攻撃を、ラスは足を止めたまま必死に避け続ける。

機体の性能差もあって、ヒルベルトの攻撃に耐え続けるのは不可能ではない。だが、自分から攻撃ができない以上、ラスに勝ち目もない。

そして時間が経《た》てば経《た》つほど、ラスたちは不利になる。

王都にはまだ多くの魔獣が残っており、そして狩竜機《シャスール》の数の上でもラスたちは敵に劣っているからだ。

『皇国の龍殺し。貴様は強い。認めよう』

　不利な状況で猛攻を捌《さば》き続《つづ》けるラスに、ヒルベルトが賞賛の言葉を口にした。

『だが、貴様一人では誰も守れない。俺が貴様を足止めしている間に、部下たちが、貴様の主を討つ。さすがは皇国の若獅子《わかじし》といわれたアリオール皇子、噂《うわさ》以上に戦えるようだが、アルシノエ三機を相手にはできまい？』

「アルシノエってのが新型の名前か……たいした性能だ。とても数打ちの量産機とは思えない」

　ハンラハンと戦ったときにそいつが欲しかった、とラスはしみじみ嘆息した。

　実際、アルシノエの性能は、数打ちの狩竜機《シャスール》としては破格である。相手がほかの量産機なら、ラスやフィアールカが苦戦することはなかっただろう。

　フィアールカが万全の状態ならともかく、王都の民を庇《かば》いながら戦わなければならないという条件は彼女もラスと同じ。なにより今のレスカーにはティシナが乗っている。その状況で帝国の新型三機を相手にするのは、いくら彼女でも荷が重い。

「だが、たった三機でいいのか？」

『……なに？』

　単なる強がり《ブラフ》とは思えないラスの言葉に、ヒルベルトが困惑した。

　その困惑が驚愕《きょうがく》に変わったのは、新たな狩竜機《シャスール》の駆動音が王都に響き渡ったからだった。

濃紺と銀に塗り分けられた細身の美しい狩竜機《シャスール》が、王都の狭い路地を器用に駆け抜けて疾走する。その狩竜機《シャスール》が装備していたのは、南大陸の流派に特有の細剣だ。

華麗な足捌《あしさば》きで敵の懐《ふところ》に入りこんだその機体は、レスカーに近づこうとしていたアルシノエを瞬《また》く間《ま》に刺し貫いた。瞬殺だ。

『――殿下、遅くなりました』

アルアーシュ家に伝わる銘入りの狩竜機《シャスール》〝イオリー〟が、自らの主君を庇《かば》うように純白の機体の前に出る。

『いや、いいタイミングだったよ、カナレイカ』

味方の機体がやられたことに動揺した別のアルシノエに、フィアールカのレスカーが煉術《れんじゅつ》を放った。

撃ち放たれたのは、【氷撃】だ。第三等級の下位《かい》煉術《れんじゅつ》だが、煉成速度と精度が尋常ではなかった。至近距離から正確に操縦席だけを撃ち抜かれて、青銅色《せいどういろ》の巨体がゆっくりと倒れ込む。その間に残る一体のアルシノエも、カナレイカに斬り伏せられていた。わずか十数秒の出来事である。

同時に、街を襲っていた魔獣たちにも異変が起こっていた。王都の市壁を乗り越えて侵入してきた狩竜機《シャスール》たちが、魔獣たちの駆除を開始したのだ。

『皇国の狩竜機部隊《シャスールぶたい》だと……馬鹿な、到着が早すぎる……』

想定外の援軍の到着に、ヒルベルトがはっきりと動揺を見せた。

王都に魔獣が出現して、まだ四半刻《しはんとき》も経《た》っていない。異変を察知してすぐに狩竜機《シャスール》を起動したとしても、これほど早く辿《たど》り着けるはずがない。

王都が壊滅することを知っていた誰かが、事前に出動を命じない限りは絶対に、だ。

「早くはないさ。彼女は、この日のために五年も前から備えてきたんだからな」

焦《あせ》りで剣筋の乱れたヒルベルトの攻撃を、ラスが強引に弾《はじ》き飛《と》ばした。

出力に劣るアルシノエが、ヴィルドジャルタに押される形で後退する。

それこそが、ラスの待ち望んでいた瞬間だった。

ラスはヒルベルトの攻撃を受け流しながら、互いの位置関係を少しずつ調整《チューニング》していたのだ。

ヒルベルトの背後に、それが重《い》なるように――

「おまえは戦う力を持たない人間には価値がないと言ったな、ヒルベルト・ファリアス。だが、帝国の計画を潰したのは、おまえが踏みにじろうとした王国の姫――剣も煉術《れんじゅつ》も使えない、たった一人の無力な少女だよ」

『なにを……馬鹿なことを……！』

「あとはついでに、おまえが輪切りにしようとした先輩の借りも返させてもらう！」

『無駄だ、ラス・ターリオン！』

初めて反撃に転じたラスが、ヒルベルトの懐《ふところ》へと飛びこんだ。

だが、その一瞬、勝利を確信していたのはヒルベルトのほうだった。

王都の街に被害を出すことを恐れるラスは、ヒルベルトに接近戦を挑むしかない。そしてヒルベルトはそれを待っていた。ヒルベルトには、素手で煉術《れんじゅつ》を迎撃し、石剣を砕く威力の超級剣技《オーバーアーツ》がある。

接近戦に持ちこめば、相手が銘入りの狩竜機《シャスール》でも倒せるという確信があったのだ。

だが、その目算は意外な形で崩れ去る。

接近戦を挑んできたはずのラスもまた、超級剣技《オーバーアーツ》を発動していたからだ。

困惑するヒルベルトの呟《つぶや》きが聞こえた。

『貴様⁉　正気か……⁉』

ヴァルデマールが得意とする超級剣技《オーバーアーツ》――飛煉斬《ひれんざん》。

黒の剣技ほどの威力はないが、それでもヴィルドジャルタの出力で放てば、王都の街に甚大《じんだい》な被害が出るのは間違いない。

半径百メートル程度の街並みは確実に更地になるだろう。

数打ちであるアルシノエの煉核出力《れんかくしゅつりょく》で、そんなものが受け止めきれるはずもない。

発動したヒルベルトの超級剣技《オーバーアーツ》ごと、ラスはアルシノエの機体を両断した。攻撃の余波が煉気《れんき》の刃となって、そのまま前方へと駆け抜けていく。

だが、その刃が王都の街を傷つけることはなかった。

なぜならアルシノエの背後には、偶然にも、そこに突っこんできた魔獣がいたからだ。

アルシノエを斬り裂いた攻撃の余波は、その場にいた魔獣に激突し、魔獣の巨体をズタズタに引き裂いた。予期せぬ攻撃を受けた魔獣は街路を滑るようにして転倒し、何度か痙攣《けいれん》したあと力尽きる。

『魔獣を……民間人の楯《たて》に使ったのか……！　化け物め……！』

破壊された狩竜機《シャスール》のコクピットから、そのデタラメな光景を眺めて、ヒルベルトは血まみれの頰を歪《ゆが》めた。

だが、ラスは、もうその声を聞いていなかった。ヒルベルトの狩竜機《シャスール》を撃破した直後に、すぐさま生き残った魔獣たちの掃討を再開したからだ。

皇国軍の狩竜機《シャスール》の協力もあって、ラスは順調に魔獣の数を減らし、最後の一体を撃破したのは、それから間もなくのことだった。

かくして帝国が目論《もくろ》んだ王都騒乱は、夜が明け切る前に完全に終息したのだった。

なおこのとき、運河の水面を飛び跳ねながら、嬉々《きき》として魔獣を狩っていく黒い狩竜機《シャスール》の姿は、多くの住民に強い恐怖と衝撃を与えた。

のちに彼らは、ラスを〝首狩りスタリオン〟として畏れ敬い、聞き分けのない子どもを「種馬が来る」と脅して躾《しつ》けるようになるのだが――それはラスのあずかり知らぬ話である。

終章 Epilogue

Sword Stallion

王都の騒乱が終わって三日目の午後、ティシナは侍女であるエマ・レオニーだけを連れて、湖畔の高台を訪れていた。

高台からは、湖が一目で見渡せる。ティシナがもっとも好きな光景だ。

傾いた太陽が雲間を金色に染め、凪《な》いだ水面を美しく輝かせている。

「姫様、お茶が入りました」

「あら……ありがとう、エマ・レオニー」

ベンチ代わりの石の上に敷物《しきもの》を敷いて座るティシナが、エマ・レオニーから紅茶を受け取る。煉術《れんじゅつ》で沸かしたお湯と、傭兵《ようへい》たちが使う野営用のポットとティーカップ。エマ・レオニーはなかなか多芸だ。

ただし紅茶を淹《い》れる腕は今イチで、煮出しすぎた渋い液体を、ティシナは苦笑しながら啜《すす》った。自分の人生にはお似合いの味だと思うと、少し愉快でもあった。

「この景色を、もう一度見られるとは思ってなかったわ」

湖の畔《ほとり》に広がる白亜の街を見下ろして、ティシナはしみじみと呟《つぶや》きを洩《も》らす。

帝国の工作員によって持ちこまれた魔獣たちはラスたちの活躍で全滅し、王都は大きな被害を受けたものの、死傷者の数は予想より遥《はる》かに少なかった。

国境付近に集結していた帝国軍の本体はすでに撤退を始めており、軍事的な衝突の危機はひとまず去ったとみられている。

皮肉なことに、今回の破壊工作によってシュラムランド同盟の結束は強まった。

シュラムランド半島への侵攻を帝国が諦めていないことが確定し、加盟各国が強い危機感を抱いたからだ。同盟会議は四日間の会期の大半をすでに終え、残すは閉会式だけとなっている。

どうにか乗り切った、というのがティシナの偽りのない気持ちだった。

ティシナの役目は、終わったのだ。

「あなたにも苦労をかけたわね、エマ・レオニー。悪役王女の専属侍女は大変だったでしょう？」

「いえ。意外に思われるかもしれませんが、楽しかったですよ。滅多に会えないような人たちにも出会えましたし。少し怖かったですけどね」

ティシナに問いかけられたエマ・レオニーが、微笑《ほほえ》みながら首を振る。

「ラスのこと？」

「ええ。姫様が、あの方のことをあれほどまでに恐れている理由がよくわかりました」

エマ・レオニーは目を伏せて、どこか怯《おび》えたように呟《つぶや》いた。

ラス・ターリオン・ヴェレディカ極東伯令息。怪物めいた漆黒の狩竜機《シャスール》を駆り、三十体以上の大型魔獣の大半をたった一人で殲滅《せんめつ》した青年。

彼は剣聖に迫る力を持ちながら、剣聖の掟《おきて》に縛られていない。

それは恐ろしいことだった。もしあの男がその気になれば、たった一人で王都を壊滅させて、シャルギア王の首を獲《と》ることだってできただろう。

そしてなによりも恐ろしいのは、彼には欲がないということだ。

ラス・ターリオンという青年は、爵位や領地にも、金や権力にも、自分自身の名声にすら興味がない。皇族に次ぐ最上位の肩書きである筆頭皇宮衛士《ガード・オブ・シルバー》という地位ですら、彼を縛る枷《かせ》にはなりはしない。

そんな彼を唯一制御できるのは、あの銀髪の皇女だけなのだ。

「大丈夫よ。今はまだ、フィアールカが手綱を握っていますから。だから――」

ティシナは自分自身に言い聞かせるように呟《つぶや》いた。

そう。ティシナは知っている。銀髪の皇女を失った未来で、ラス・ターリオンがどうなってしまうのか――

「わかっています。彼女に手を出すつもりはありません。皇女の秘密は地獄まで持っていきますよ」

エマ・レオニーが、ティシナを安心させるようにはっきりと誓った。

ティシナは目を細めて柔らかくうなずいた。

できることなら、ティシナはラスを救いたかった。

ラスを突き動かしているのは、彼自身ですら忘れている幼少期の体験と、それが生み出す魔獣への果てなき憎悪《ぞうお》だ。その憎しみから彼を解き放ってあげたかった。

だが、ティシナは彼を救えない。その時間がもう残されてないからだ。

「美味《おい》しいお菓子……ヒリカで匂いをつけているのね」

「姫様がお好きでしたから」

お茶請けの焼き菓子を頬張るティシナに、エマ・レオニーが淡々と告げる。

紅茶の腕は冴《さ》えないエマ・レオニーだが、菓子のセンスはなかなかだ。

そんな彼女がティシナに顔を寄せ、真剣な声で囁《ささや》いた。

「今ならまだ契約を取り消すことができますよ、姫様」

「ありがとう。でもいいわ。私の役目はもう終わりよ。予定通り私の死体は目立つ場所に飾っておいてね」

「……わかりました」

美しく微笑《ほほえ》むティシナを見つめて、エマ・レオニーが一礼した。

彼女の手に握られているのは、菓子を切り分けるための小さなナイフ。

ナイフの柄に刻まれているのは、アルギル皇国の紋章だ。

「さようなら、エマ・レオニー。こんな私に最後まで仕えてくれてありがとう」

ティシナが穏やかな表情で目を閉じる。

エマ・レオニーは感情を消した瞳で、ティシナの無防備なうなじを見つめた。

決して痛みを感じさせてはならない。自らの死すら気づかせない。それが誇り高き依頼主への敬意。エマ・レオニーの暗殺者としての誇りだ。だが——

「ティシナ——！」

高く澄んだ亜人の少女の声に、エマ・レオニーは動きを止めた。

「え⁉　ココちゃん⁉」

ティシナが驚いて目を見張った。そんなティシナに、ココが抱きつく。

侍女見習いとしてラスに仕えているココが、どうしてこんな場所にいるのか、ティシナたちにはわからない。そして——

「動くな」

エマ・レオニーの背後から声がした。

決して威圧的とはいえない静かな声だった。

しかしエマ・レオニーの全身は、金縛りにあったように硬直した。あまりにも濃密な煉気《れんき》に圧倒されて、息すらできない。

「武器を捨てろ、エマ・レオニー・クルベル……いや、闇蝶《エテルシア》の暗殺者」

ラスがエマ・レオニーの手首をつかみ、彼女の手からナイフを奪う。

王女の侍女は反射的に抵抗しようとして、しかしすぐに諦めた。

ティシナは呆然《ぼうぜん》と目を見開いて、そんなラスたちの姿を見つめる。

その目に浮かんでいたのは命を救われた安堵《あんど》ではなく、己の望みが果たされないことを悟った悲嘆と諦念の色だった。

◇◇◇◇

「ラス……どうして、ここに……」

ふらつきながら立ち上がったティシナが、震える声で訊《き》き返《かえ》した。

ラスは、不機嫌な目つきでティシナを睨《にら》んでいる。彼の怒りは王女を殺そうとしたエマ・レオニーではなく、明らかに殺されかけていたティシナに向いていた。

「いろいろと、おかしいとは思っていたんだよ」

一方、愉快そうに声をかけてきたのは、ラスのあとについてきたフィアールカだった。今日の彼女は男装しておらず、護衛のカナレイカやエルミラの姿もない。

代わりに、フィアールカ自身がエルミラの服を着ている。

替え玉であるエルミラに公式行事を押しつけて、会議を抜け出してきたらしい。

「闇蝶《エテルシア》の暗殺者が、シャルギアの王族か高位貴族に匿《かくま》われていることはわかっていた。クナウス女公爵はいちおうその条件に該当するけれど、すでに帝国と手を組んでいた彼女に、皇国の暗殺者を雇う理由はない」

フィアールカが、右手の人差し指を立てながら言った。

公爵家の仮面舞踏会に参加して、帝国の工作員を発見したヴァルデマール。しかし彼に与えられた本来の任務は、闇蝶《エテルシア》が派遣した暗殺者の捜索だった。ヴァルデマールは任務に失敗していたのだ。

「それにね、銀の牙がいくら優れた諜報組織《ちょうほうそしき》とはいえ、流れてくる情報が正確すぎた。皇国内の暗殺組織が、隣国の王女の暗殺を請け負った、なんて普通ならわかるはずがない。暗殺者の雇い主が、わざと情報を洩《も》らさない限りはね」

フィアールカが続けて中指を立てる。

ティシナは無言で彼女の説明を聞いていた。

そんなティシナに、フィアールカは冷ややかな眼差《まなざ》しを向ける。

自ら暗殺者を雇っておきながら、その暗殺者に不利な情報を流す。そんなちぐはぐな行動をするのは、そうすることで得られる利益があるからだ。

「あれは私を王国に呼び寄せて婚約を少しでも早めるための、苦肉の策だったんだ。暗殺阻止のために王国に密入国したラスを追い返すことも含めてね」

　銀髪の皇女が金髪の王女を見つめて、朗らかに笑った。

　皇国の力を借りて王都の壊滅を防ぐために、ティシナには皇太子アリオールとの婚約を急ぐ必要があった。それが不自然ではないように見せかけるため、ほんの数日、フィアールカを早く王国へと呼び寄せる。

　そのためにティシナは、自分自身の命を利用した。

　自分が皇国の暗殺者に狙われているという情報を流すことで、フィアールカ本人が、暗殺阻止に動かざるを得ないように仕向けたのだ。

「王女暗殺の依頼主はきみだ、ティシナ王女。ティシナ・ルーメディエン・シャルギアーナは、自分自身を暗殺するために、暗殺者を雇ったんだ。言葉にすると馬鹿馬鹿しいけど、それなりに効果的だったのは認めるよ。傍迷惑《はためいわく》な悪役王女らしい選択だ」

「その馬鹿馬鹿しい策に引っかかったのは、どこの誰かしら？」

　ティシナが不満そうにフィアールカを見上げて言い返す。

「……いつからそれに気づいていたの？」

「きみがラスにキスをしたという話を聞いたときだよ」

「え？」

　ティシナがびっくりしたように目を瞬《まばた》く。そんなに早い段階から計画が破綻していたとは、さすがに想像していなかったのだ。

「きみは自分が王都の騒乱で死んだ、と言った。だけどそれはあり得ない。なぜなら少なくとも今の時点で、きみがラスに好意を抱く理由がないからだ。もちろんきみがラスの顔を見て、一目惚《ひとめぼ》れしたというのなら話は別だけど」

「あー……うん、たしかにそれはない、かな……ごめんなさい」

「おい、待て。なぜ謝る。なんで俺が哀れまれる感じの流れになってるんだ？」

ラスがティシナたちの会話に割りこんで文句を言う。

フィアールカはそれを無視して、説明を続けた。

「すでに経験した未来の中で、きみは王都騒乱を生き延びて、時間をかけてラスと親しくなった。なのに、きみはその未来をなかったことにしようとしている。きみは自分が生き延びたせいで、この先に不幸が起きることを知っているからだ」

違うかい、と問いかけるフィアールカをティシナはじっと睨《にら》み返《かえ》し、やがて根負けしたように大きく肩をすくめた。

「そうね。あなたの言うとおりよ。もしも今回の騒乱で王国が立ち直れないほどの被害を受けてたらどうなったか、想像すればわかるでしょう、あなたになら」

「王都は壊滅状態になりながらも、最終的に帝国は撤退した。ラスがほぼ独力で、帝国の軍勢を壊滅させたから——かな」

「ええ。その結果、瀕死《ひんし》の王国に対する皇国の発言力は飛躍的に増した。シャルギア王や王家の重臣は死に絶えて、生き残ったのは皇国の皇太子と婚約中の第四王女よ。おまけに無知で無力で母親のいいなりだったその馬鹿王女は、属国であるルーメド王家の血を引いていた」

ティシナは遠くを見るような瞳のまま、自嘲するように微笑《ほほえ》んだ。

「皇国という後ろ盾を得たルーメド国は、ここぞとばかりに王国を乗っ取ろうとしたわ。もちろん王国内の貴族はそれに反発した。行き着く先なんて一つしかない」

「内戦――か」

「ええ。王都は再び焦土と化して、そのどさくさで私は死んだの。それが私の知る未来のすべて。国を滅ぼした愚かな王女の結末よ」

ティシナが、泣き笑いに似た弱々しい表情を浮かべる。

思えばティシナは、悪役王女という蔑称を、最初から甘んじて受け入れていた。それは自分が本当に悪役であることを、彼女が知っていたからだ。

彼女は未来の自分の過《あやま》ちを償うために、王国を救おうとしていたのだ。

「ラスはそんな世界でも、私に優しくしてくれたわ」

「へえー」

ぽつり、とティシナが不意に口調を変えて、それを聞いたフィアールカが、なぜか咎《とが》めるような視線をラスへと向けた。

まだなにもしていないラスとしては、もちろんそんな目で見られるのは心外だ。

「それにね、フィアールカ……私はあなたみたいになりたかった。あなたと、対等の友達になりたいと、生まれ変わる前からずっと思っていたの」

ラスとフィアールカの無言のやりとりに気づいて、ティシナがクスクスと笑い出す。

「だから、もういいのよ、フィアールカ。エマ・レオニーを解放して、私を死なせて」

「悪いけど、それはできないね」

「どうして……!?」

突き放すようなフィアールカの言葉に、ティシナが悲痛な表情を浮かべる。

ティシナの存在は、王国を滅ぼす。

だから彼女は、ここで死ななければならないのだ。

しかしフィアールカは、揺るぎのない口調で宣告する。

「きみは私に借りがある。偽装結婚の相手役として、協力すると約束した」

「た……たしかにそう言ったけど……」

「それにきみにここで死なれると、後始末がいろいろと面倒だ。もともと私たちはそれが嫌だから、きみの暗殺を阻止しようとしていたんだからね。それともきみが皇国と王国の関係が悪化した場合の責任を取ってくれるとでも？」

「そ、それは悪いと思うけど、あなたに頑張ってもらうしか……」

「あともう一つ、きみがここで死んだとして、もう一度、生き返らないという保証があるのかい？」

「あ……」

思いがけないフィアールカの指摘に、ティシナはさっと青ざめた。

ティシナはかつて一度死に、そして五年前から人生をやり直している。

もしもここで死んだとして、それと同じことが絶対に起きないとは言い切れない。

死に戻りなどという奇跡が、何度も起きるとは想像もしていなかった。だからこれまで、その可能性から目を逸《そ》らしていた。フィアールカはその事実を指摘した。そしてティシナは、それを否定できない。

「きみが五年前から人生をもう一度やり直したいというのなら止めないけどね。今回みたいに上手《うま》くいく保証はないいんじゃないかな。それよりも私たちと協力して、未来を変えたほうが楽だと思うよ」

「う……うう……」

ティシナが唇を噛《か》みしめて、低く呻《うめ》く。

フィアールカの言葉に理があることを、ティシナも内心ではすでに認めている。

今のティシナは絶望してはいないが、未来に対する不安が消えたわけでもない。ここで命を落としたとき、その不安が原因で再び過去に戻る可能性はゼロではない。

それよりはフィアールカたちに手を貸して、未来の不安を完全に払拭《ふっしょく》するほうが、まだ後悔せずに済むかもしれない。煉術《れんじゅつ》に長《た》けた彼女なら、ティシナの死に戻りの原因を特定するのも決して不可能ではないはずだ。

「エ……エマ・レオニーは、どうするつもり？」

ティシナが挑むような口調でフィアールカに訊《き》く。

ラスに拘束されたままのエマ・レオニーが、驚いたようにティシナを見た。

フィアールカの提案は悪くないが、ティシナはそれだけではうなずけない。エマ・レオニーを見捨てるわけにはいかないからだ。

エマ・レオニーは暗殺者だが、最後までティシナによくしてくれた。

侍女としても、共犯者としても、彼女は信頼できる人間だ。

しかし暗殺者であり、皇太子アリオールの重要な秘密を知る彼女を、フィアールカは決して見逃さないだろう。それに、ここで彼女を解放したとしても、ティシナの暗殺に失敗したエマ・レオニーを、暗殺組織である闇蝶《エテルシア》は許さない。

どちらにしてもこのままでは、エマ・レオニーに未来はないのだ。

「いくつか条件を呑《の》んでもらえるなら、彼女は銀の牙が買い取るよ。再教育して、そのまま きみの護衛につけよう。うちは過去にも、暗殺者として育てられた子どもを買い受けた前例があるからね」

フィアールカはあっさりとそう言った。

エマ・レオニーに関する処遇について、彼女はとっくに考えていたらしい。

暗殺者に育てられた子ども、という言葉から、ティシナはエルミラの顔を連想した。

彼女の普段の身のこなしと、フィアールカに対する忠誠心は、どこかエマ・レオニーに通じる部分があるからだ。

「条件というのは？」

ティシナが油断することなく訊《き》き返《かえ》す。

「本人がそれを望むかどうかを確認することと、裏切りを防ぐための処置を受け入れること。それから、きみが誰の手引きで闇蝶《エテルシア》と接触したのかを教えて欲しい」

フィアールカの言葉に、ティシナは納得した。

シャルギアの王女であるティシナが、皇国内の暗殺組織と接触するのは難しい。

しかし、ティシナの計画を実現するためには、どうしても皇国の暗殺者を雇い入れることが必要だった。というよりも、闇蝶《エテルシア》と接触できる目処《めど》が立ったから、ティシナは今回の計画を思いついたのだ。

「――私に闇蝶《エテルシア》を紹介してくれたのは、皇国の貴族です。未来の記憶を元に接触したのですが、快く協力してくれましたよ」

ティシナが素直に情報を渡したことに、フィアールカは少し意外そうな顔をした。

しかしティシナも、フィアールカ相手に秘密を隠しきれるとは思っていない。

それならエマ・レオニーの安全を買うために、自分から喋《しゃべ》ったほうがマシだと思ったのだ。

「誰だい、その相手というのは」

「あなたもよく知っている人です。四侯三伯の一人――ヴェ、ヴェ、レディ、ィ、カ、極、東、伯」

「な……」

ラスが動揺を露《あら》わにした。

右手をつかまれて拘束されたままのエマ・レオニーが、びくびくと肩を震わせる。生身で地龍を倒すような非常識な煉騎士《れんきし》が、自分のすぐ傍《そば》で感情を露《あら》わにしたのだ。いくら訓練された暗殺者でも、さすがに恐怖は隠せない。

「ヴェレディィカ……だと……」

四侯三伯と呼ばれる皇国の大貴族の一人――ヴェレディィカ極東伯はラスの父親だ。

そんな人物がティシナの暗殺に関わっていたと聞かされれば、さすがにラスも平静ではいられない。

「へえ。これはまた意外な名前だね」

「はい。あの方は、あなたの正体も知っていましたよ、フィアールカ」

ティシナからもたらされた厄介な情報に、フィアールカも嫌な顔をする。

あの男はなにを考えているんだ、と、ラスは思わず天を仰いだ。

「やれやれ。面倒な話になってきたね。まあ、それはあとで考えるとして——」

ここで考えても仕方がない、とフィアールカが気持ちを切り替える。

少なくとも彼女を悩ませていた疑問は、すべて解消されたのだ。決して悪い話ばかりではないと判断したらしい。

「それで、きみはどうする、ティシナ。引き続き、私の婚約者として協力してくれるということでいいのかな？」

「あなたが本当にそれでよければ、私はもちろん構わないわよ、フィアールカ。偽装結婚に協力するって約束したから、仕方ないものね」

ティシナが開き直ったように微笑《ほほえ》んで言った。

憑《つ》き物《もの》が落ちたような、すっきりとした表情だ。自分自身を縛っていた未来の記憶から解放されて、ようやく彼女本来の素顔が表に出てきたのだろう。

「じゃあ、ラス。そういうことだから、これからもよろしくね」

「ティシナ？」

甘えるように距離を詰めてきた王女を、ラスは困惑の表情で見返した。

自らの豊かな胸をこれ見よがしにラスに押しつけてきているのは、明らかにフィアールカに対する挑発だろう。ティシナに対抗するようにココがラスの脚にまとわりついてきているのが、ますます混乱に拍車をかけている。

「ふふっ、フィアールカの計画では、私があなたと子どもを作る予定になっているのよね。仲良くしましょうね」

ティシナがラスの耳元に、わざとらしく囁《ささや》きかけてくる。

いつ唇が触れてもおかしくない彼女の距離感に、フィアールカのなにかがキレる気配があった。

「そこの二人、少し離れてくれるかな。たしかにそういう計画もあったけど、仲良くしろとは言ってないからね！」

「あら。言っておくけど私とラスは、未来ではもういろんなことを経験した仲だから」

「それはきみの妄想の中の話でしょう？」

「妄想じゃないから！　実体験だから！　私たちが何年一緒にいたと思ってるの？」

「エマ・レオニー・クルベル。やっぱりそいつ殺していいよ」

「なんでよ⁉」

それぞれ立場があるはずの皇女と王女が、顔をつきあわせていがみ合う。

そんな不思議な光景を眺めて、ラスは溜息《ためいき》をつく。

「仲が良くてけっこうなことですね」

小さな笑みを洩《も》らしたのは、拘束を解かれたエマ・レオニーだった。彼女の呟《つぶや》きは皮肉ではなく、本心からティシナを案じての言葉だとわかる。

暗殺者らしからぬ彼女の感想にラスは戸惑い、それから眩《まぶ》しそうに目を細めた。

「そうだな」

湖面に反射した夕暮れの日差しが、フィアールカとティシナの横顔を照らしている。絶え間ない罵詈《ばり》雑言《ぞうごん》の応酬を続けながら、二人は酷《ひど》く楽しそうだった。

ラスたちは、この穏やかな瞬間が長く続かないことを知っている。

ティシナが語った過酷な未来が、すぐそこまで迫っているからだ。

だが、それでも今だけは、彼女たちをそっとしておいて欲しい、とラスは願う。

自らの顔と名を偽り、人生を繰り返し、そしてようやく初めての友人を手に入れた二人の幸福な時間が、少しでも長く続くように、と——

閑話 銀級騎兵、娼館に行く

その日、中央統合軍《セントラル》第二師団の銀級騎兵クスター・ファレルは、商都プロウスの繁華街を訪れていた。

目当ての店の名は、〝楽園h《パラディアッシュ》〟――

かつてラス・ターリオンが入り浸っていたという高級娼館《こうきゅうしょうかん》である。

そこで働くアマリエという女性に、クスターは休暇を利用して会いに来たのだ。煉術《れんじゅつ》の師匠になってもらうためである。

商都《プロウス》に来たのは初めてではないが、クスターは繁華街の地理には明るくない。

しかし目的の店はすぐに見つかった。

華やかな大通りの中心近くに、ひときわ目立つ看板が掲げられていたからだ。

娼館《しょうかん》という言葉から連想する後ろ暗いイメージにそぐわない、煌《きら》びやかで開放的な店だった。

建物の造りも豪華で、想像していたよりも遥《はる》かにでかい。皇都の歌劇場と比べてもほとんど見劣りしないほどだ。

店に入っていく客たちの雰囲気も明るく、女性客の姿も少なくなかった。

「すまない。ここは楽園《パラディアッシュ》hという店で間違いないだろうか？」

クスターは戸惑いを隠しきれないまま、店の入り口近くにいた受付嬢へと問いかけた。

小柄で猫に似た雰囲気の、明るい髪色の娘である。

高級娼館《こうきゅうしょうかん》の受付嬢だけあって、かなりの美人だ。軍人然としたクスターを見ても物怖《ものお》じすることなく、にこやかに質問に答えてくる。

「合ってますよ。お兄さん、うちの店は初めてですか？」

「あ、ああ……」

「だったらまずは窓口に並んでチケットを買ってくださいね。指定席はもう売り切れてるから、二階の立ち見席になっちゃいますけど。ワンドリンクつきで四十デナです」

子猫に似た印象の受付嬢が、壁際《かべぎわ》にあるチケット売り場を指さして言った。

四十デナは銀貨四枚。安宿一泊分といったところだ。高級娼館《こうきゅうしょうかん》の入場料としては破格の安さである。

しかし彼女の説明を聞いたクスターは、面喰《めんく》らったように眉間にしわを刻んだ。

「立ち見席というのはどういうことだ？　楽園《パラディアッシュ》hは娼館《しょうかん》だと聞いていたのだが……」

「ああ。今はステージの時間ですから」

「ステージ？」

「うちの店の女の子は、歌や踊りも一流ですからね。今並んでるお客さんたちは、彼女たちのショーを観《み》に来《き》てるんですよ」

受付嬢の言葉が終わるより早く、店の奥から、華やかな音楽とともに観客たちの歓声が聞こえてきた。閉め切った扉が音圧で震えるほどの凄《すさ》まじい熱狂ぶりだ。

女性の名前を大声で叫んでいる客も多い。おそらく贔屓《ひいき》の娼婦《しょうふ》を応援しているのだろう。

「俺はあまり詳しくないのだが、娼館《しょうかん》とはこういうものなのか？」

ますます困惑の思いを深くしながら、クスターが訊《き》いた。

受付嬢は笑って首を振る。

「うちが特殊なんだと思いますよ。楽園《パラディアッシュ》ｈの娼婦《しょうふ》は、身体《からだ》じゃなくて芸を売るんです」

「なるほど」

「もちろん、上の階にいけば、高級娼婦《クルチザンヌ》のお姉様方とお食事やお酒を楽しむこともできますけどね。うちの店は高いですよ」

「高い？」

「常連の皆様は、だいたい領主か大商人の方々ですね」

「それほどか……」

クスターは、むう、と低く唸《うな》った。

商都《ブロウス》で指折りの高級店と聞いたときから予想していたことではあったが、やはりまっとうな娼館《しょうかん》としての楽園h《パラデイアッシュ》の敷居《しきい》は高い。

ヴェレディカ極東伯という大貴族の息子であるラスと違って、クスターはしがない男爵家の出身。ひと晩で何枚もの金貨が吹き飛ぶような店に入り浸るのは、実家の財力からしても不可能である。ましてやクスターの軍人としての給料では、足を踏み入れることすら適《かな》うまい。

「誰かお目当ての方がいるんですか？」

苦悩するクスターを面白そうに眺めて、受付嬢が訊《き》いた。

クスターは少しためらいながら、目的の娼婦《しょうふ》の名前を告げる。

「アマリエ・ディバリという女性と話がしたいのだが」

「あー……よりによってアマリエ姉様ですか……」

受付嬢の口元に、哀れむような苦笑が浮かんだ。

おそらくクスター以外にも、同じようなアマリエ狙いの客はめずらしくないのだろう。

「彼女に、なにか問題が？」

「ええまあ、姉様はうちで一番の売れっ子ですからね。そこらの貴族どころか四侯三伯だって、一見《いちげん》じゃ相手にしてもらえませんよ」

「な……」

「まあ、お兄さんみたいな軍人さんでも望みがないわけじゃないですけどね。キヴェラのお爺《じい》ちゃんなんかは、よく遊びに来てましたし……」

「キヴェラ閣下……上級大将じゃないか……」

クスターは思わず目元を覆った。

ヴィリオ・キヴェラは、アルギル皇帝の主任軍事顧問にして、先代の中央《セントラル》統合軍参謀総長。アルギル皇国軍の事実上のトップだった男である。

逆に言えば、それほどの人物でなければ、アマリエ・ディバリと懇意の関係になることはできないらしい。

「まあ、そんなわけなんで、若いうちは無理せず、ステージを観《み》ていってくださいよ。アマリエ姉様ほどじゃなくても、みんな可愛《かわい》い子ばかりですから」

落ちこむクスターを見かねたように、受付嬢が笑いかけてくる。

妙にぐいぐいと距離を詰めてくる彼女に、クスターはたじろいだ。受付嬢とはいえ、娼館《しょうかん》で働いているだけあって、男性との距離の詰め方が上手《うま》い。いつの間にかクスターの左腕は、彼女にしっかりと搦《から》め捕《と》られている。

「いや……しかし、アマリエ嬢に会うようにとラス・ターリオン殿に言われてきたのだが……」

「ラス⁉」

クスターが、ラスの名前を口にした瞬間、受付嬢が血相を変えた。

小悪魔めいた甘やかな雰囲気が消えて、研ぎ澄まされた煉気《れんき》があらわになる。

そこでようやくクスターは気づいた。

巧妙に一般人を装《よそお》っていたが、彼女は煉騎士《れんきし》。それも相当な凄腕《すごうで》だ。

「ちょっと待って、お兄さん。あなた、ラスの紹介で来たの？」

「あ、ああ……アマリエ嬢から煉術《れんじゅつ》を学べと、この紹介状を渡されて……」

「そういうことはもっと早く言いなさいよ！」

受付嬢がクスターの手から、紹介状を奪い取る。

呆気《あっけ》にとられていたクスターは、彼女の動きに反応することもできない。

その間に受付嬢は紹介状の封を切り、勝手にその中身を読み始めていた。

紹介状の文章は貴族が使う大陸共通文字で書かれているが、読むのに支障はないらしい。それだけでも、彼女がかなりの教養を身につけていることがうかがえる。

「クスター・ファレル中尉……中央統合軍《セントラル》の銀級騎兵ね。なるほど……」

紹介状を読み終えた受付嬢が、クスターを見上げてちらりと自分の唇を舐《な》めた。

獲物を見つけた肉食獣のような彼女の仕草に、クスターはなぜかゾッとする。

「ちょっと、ヘリン。今、ラスの紹介って聞こえたんだけど……」

クスターを引きずるようにして店の裏口へと向かおうとした受付嬢の前に、別の娼婦《しょうふ》が立ちはだかった。気の強そうな風貌の赤髪の娘だ。

「ああ、ちょうどいいところに来たわね、イーネス。受付代わって。あたしはこの中央統合軍《セントラル》の中尉さんを、アマリエ姉様のところに案内してくるから……」

ヘリンと呼ばれた受付嬢が、赤髪の娘に呼びかける。

赤髪の娘――イーネスは、驚いたようにヘリンとクスターを見比べて、

「案内って……駄目よ、ヘリン。姉様の客の案内なら、私がやるわ」

「どうしてよ⁉　あたしが彼の受付を担当したのよ！」

「そんなこと言って、姉様に会わせる前に彼をつまみ食いする気でしょう⁉」

「う……！」

イーネスに図星を指されたヘリンが、顔をしかめて舌打ちする。

それでも彼女は即座に開き直って、クスターを独占するかのように背後に庇《かば》い、

「それはあんたも同じでしょう⁉　こないだの皇宮衛士みたいに、この人も再起不能にする気？」

「あれは姉様に会う資格があるかどうか試しただけよ。あのくらいで心が折れるような雑魚《ざこ》が、姉様のお相手をするなんて百年早いわ」

「だったら今度はあたしが試しても文句ないでしょうが！」

「本音が出たわね、ヘリン」

イーネスが、勝ち誇ったように、フン、と鼻を鳴らす。

「言っとくけど、ラスがいなくなったせいで溜《た》まってるのは、あなただけじゃないんだからね。ラスなら、一晩中でも、私たちが何人相手でも、足腰立たなくなるまでつき合ってくれるのに……ほかの男どもの情けないことといったら……！」

「大丈夫よ。この中尉は、ラスがわざわざ紹介状まで用意して送りつけてくれたんだもの。銀級騎兵というからにはそこそこ腕が立つんだろうし、そう簡単に壊れたりしないでしょ」

「待て……ちょっと待ってくれ……！」

呆然《ぼうぜん》と立ち尽くしていたクスターが、二人の娼婦《しょうふ》の間に割って入った。

「おまえたちはいったいなんの話をしてるんだ？　遊ぶとかつき合うというのはいったい……」

「決まってるでしょう、模擬戦よ」

クスターの質問に、ヘリンがあっさりと答えた。

イーネスも、当然というふうにうなずいている。

「うちの娼館《しょうかん》にいる女の子は、全員がフォンに鍛えてもらった煉騎士《れんきし》か煉術師《れんじゅつし》だからね」

「ちょうどいい獲物……じゃなくて、練習相手がいなくなってみんな退屈してたの」

クスターの左腕を受付嬢のヘリンが、そして右腕を赤髪のイーネスががっちりと固定した。

彼女たちの胸の膨らみが自分の二の腕に押し当てられていても、クスターはまったく嬉《うれ》しいと思えない。感じるのは本能的な恐怖だけだ。

「だから、ね」

「つき合ってくれるわよね、中尉さん」

二人の娼婦《しょうふ》がクスターの耳元に囁《ささや》いてくる。

そしてクスターは、抵抗することもできぬまま、娼館《しょうかん》〝楽園h《パラデイアアッシュ》〟の地下深くにある演習場へと引きずり込まれたのだった。

Sword Stallion

閑話2

黒の剣聖、弟子と出会う

寝静まった深夜の皇都の路上を、黒髪の女性が歩いている。

見た目だけなら少女といっても通用しそうな、小柄な女だ。

傭兵風《ようへいふう》の革コートの下に着ているのは、腹や胸元を大胆に露出した下着のような衣服だけ。猥雑《わいざつ》な商都《ブロウス》あたりの繁華街ならばともかく、皇都の官庁街には相応《ふさわ》しくない姿である。

だからといって、その程度の場違いさを気にするような彼女でもなかった。

事実、たとえアルギル皇帝といえども、彼女の服装を咎《とが》めることなどできはしないのだ。

なぜなら彼女はフォン・シジェル。大陸最強の煉気使《れんきつか》いの一人――〝黒の剣聖〟なのだから。

そんなフォンは、酒の臭いを漂わせながら、ご機嫌に鼻歌を口ずさんでいた。

彼女の右手に握られているのは、皇太子の部屋からかっ攫《さら》ってきた酒瓶だ。まともに注文すれば一杯で金貨が吹き飛ぶような高級酒を、フォンは水のように贅沢《ぜいたく》に喉に流しこんでいる。

とはいえ、彼女の機嫌がいいのは酔いのせいだけではなかった。

酒盛りの前に行った、数週間ぶりの弟子との模擬戦。

そのときに感じた手応えが、彼女を上機嫌にさせているのだ。

もちろん結果だけ見れば、手合わせはフォンの圧勝だ。

しかし微笑《ほほえ》む彼女の前髪は、一房だけ不揃《ふぞろ》いに切れている。たったの一撃。それもわずかに、かすめただけ。それでも弟子の放った攻撃は、間違いなくフォンに届いたのだ。

この大陸全土を探しても、黒の剣聖を傷つけられる者がはたして何人いるか——

わずか二年。それだけの時間で、彼はそのレベルに到達した。

弟子の成長を実感して、彼女は満足げに酒を呷《あお》る。

あの雨の密林の中でフォンが彼を拾ったのは、やはり間違いではなかったのだろう。

その日の記憶を思い出し、フォンは口元を綻ばせたのだった。

◇◇◇◇

空搬機《カラドリウス》から切り離された鋼鉄の巨人が、轟音《ごうおん》とともに地上へと降り立った。

銘入りの狩竜機《シャスール》——それもヴィンテージと呼ばれる希少な年代物の機体である。

地上に降りた狩竜機《シャスール》は三機。

そのうちの一機は、漆黒の大刀を装備した前衛機《アタッカー》。残る二機はそれぞれ支援機《キャスター》と斥候機《スカウト》だ。

いずれも軍属の機体ではなかった。

機体の装甲に施されているのは、生命の木《ツリー・オブ・ライフ》と、黄金の果実を象《かたど》ったマーキング。それは、実在が定《さだ》かではないといわれる幻の独立傭兵団《フリーカンパニー》〝黄昏《たそがれ》の楽園〟の紋章である。


『アマリエ。キハ・ゼンリはどこかにゃ？』

狩竜機《シャスール》の感覚器越しに周囲を見回しながら、フォンが訊《き》く。

鬱蒼《うっそう》と生い茂る密林の木々と、降り続く雨のせいで視界が悪い。

フォンの目当てである名前持ち《ネームド》の上位龍〝キハ・ゼンリ〟の姿はなく、目に入るのは兵士たちの死体と、破壊された狩竜機《シャスール》の残骸だけである。

『はーい。すぐに索敵《スキャン》しますね』

支援型仕様《キャスターしよう》の狩竜機《シャスール》に乗ったアマリエ・ディバリが、いつものふわふわとした口調で言った。

アマリエは、フォンが経営する娼館《しょうかん》〝楽園h《パラディアッシュ》〟でも一番人気の売れっ子高級娼婦《クルチザンヌ》。しかし、彼女の正体は〝黄昏《たそがれ》の楽園〟の副団長であり、凄腕《すごうで》の煉術師《れんじゅつし》だ。特に広範囲の索敵煉術《さくてきれんじゅつ》では、フォンですらアマリエには敵《かな》わない。

上位龍の捜索を彼女に任せて、フォンは足元に転がる壊れた狩竜機《シャスール》に目を向けた。

『少なくとも上位龍が出たのは、間違いないみたいだにゃ。これは爆炎《ブレス》の痕跡かにゃ？』

重装型狩竜機《タンクがたシャスール》の分厚い装甲が、圧倒的な熱量と衝撃で、原形を留《とど》めないほどに破壊されている。

これほどの威力の爆炎《ブレス》を放つのは、中位や下位の龍種《ドラゴン》には不可能だ。こんな辺境までやってきたのが、無駄足になる心配はしなくて済むらしい。

「この機体……皇国の狩竜機《シャスール》じゃありませんね」

斥候型《スカウトがた》の狩竜機《シャスール》に乗ったルゥナ・クロンジェが、狩竜機《シャスール》の残骸を眺めて言った。

ルゥナはアマリエの後輩団員。二十歳そこその若い煉騎士《れんきし》だ。

元は名のある武家の娘だが、父親よりも年上の老人に嫁がされそうになったために家を飛び出し、フォンの娼館《しょうかん》に転がりこんだという経歴の持ち主である。

そんな過去のせいか娼婦《しょうふ》にしては正義感が強く、生真面目な一面があるのは自覚している。

『へえ、そう？　そんな連中がなんでこんなところにいるのかにゃ？』

「依頼を聞いてなかったんですか、フォン。領土紛争ですよ。国境を破って侵攻してきた都市連合国軍《パダイングん》を龍の縄張りに引きずりこむために、フィアールカ皇女が囮《おとり》になったって話じゃないですか」

無関心なフォンの返事を聞いて、ルゥナが呆《あき》れたように説明した。

パダイン都市連合国家の侵攻により劣勢に立たされたアルギル皇国を救うため、皇女フィアールカは、この地で休眠していた上位龍〝キハ・ゼンリ〟を覚醒させたらしい。

そして自らを囮《おとり》として引きつけた敵軍を、上位龍の力を借りて壊滅させたのだ。

もっとも、そのまま上位龍を放置すれば、アルギル皇国にも甚大《じんだい》な被害が出る。

だから彼女は独立傭兵団《フリーカンパニー》である〝黄昏《たそがれ》の楽園〟を――すなわちフォン・シジェルを呼び寄せることも忘れなかった。

人間同士の戦いには決して介入しない剣聖たちだが、相手が上位龍ならば、必ず嬉々《きき》として殺しに来る。皇女フィアールカはそう確信して、自分が死んだあとの始末をフォンに委ねたのだ。

そしてフォンたちは実際に、上位龍の棲《す》む密林を訪れている。すべて皇女の想定どおりだ。

もし彼女の想定と違う点があったとすれば、それは肝心の上位龍の姿がどこにも見当たらないことだろう。

『戦争に勝つためなら龍種《ドラゴン》すら利用する、か。まったく救いがたいにゃ、人間というやつは』

「そうですね。後始末を押しつけられた私たちはいい迷惑です」

ルゥナが憤慨したように乱暴に息を吐く。

そんな彼女の言葉に、異議を唱えたのはフォンだった。

『私たち？　なにを言ってるのかにゃ、ルゥナ。キハ・ゼンリは、あたしの獲物だよ？』

「は？　師匠のほうこそなにを言ってるんですか。まさか一人で上位龍を倒すつもりなんですか？　私たちにも戦わせてくださいよ。ていうか、なんなんです、その語尾。流行《はや》ってるんですか？」

『――お姉様』

「はい？」

『あたしのことはお姉様と呼べっていつも言ってるよね？』

フォンが、静かに怒っているような声音で告げる。

彼女は、ルゥナたちが自分を師匠と呼ぶのを嫌う。ルゥナたちはあくまでも彼女の店の従業員であり、弟子として認めたわけではないということなのだろう。

ルゥナは、それに対して露骨に不機嫌な声を出す。

『お姉様……って、だけど、あたしたちと師匠じゃ年齢差が――』

「ルゥナ」

『は、はい！　すみません、お姉様！』

本気の殺気がこもったフォンの言葉に、ルゥナは反射的に謝った。

あのまま口を滑らせていたらフォンにどんな目に遭わされるか、想像するだけでも恐ろしい。

『フォン、いました。上位龍です。ですが……これは……』

アマリエが、めずらしく歯切れの悪い口調で呟《つぶや》いた。

彼女の六《む》つ眼《め》の狩竜機《シャスール》が見つめる先に、巨大な魔獣の姿がある。

全高は、優に狩竜機《シャスール》の倍はあるだろう。

黒曜石に似た光沢を持つ艶《あで》やかな鱗《うろこ》。

破城槌《はじようつい》を思わせる巨大な尾。

その爪はいかなる刀剣よりも強靱《きようじん》で、放つ爆炎《ブレス》は堅牢《けんろう》な砦《とりで》を一撃で消し飛ばす。

魔獣たちの絶対王。龍種《ドラゴン》。聞きしに勝る凄《すさ》まじい存在感。上位龍の名に相応《ふさわ》しい威容だ。

だが――

『死んでる……？』

「嘘《うそ》……一般兵が上位龍を倒したの⁉」

フォンの呟《つぶや》きに、ルゥナは困惑した。

上位龍〝キハ・ゼンリ〟の心臓には、折れた剣が深々と突き刺さっている。

苦悶《くもん》するように目を見開いたまま、その巨体は完全に事切れていた。

抉《えぐ》れた大地と、薙《な》ぎ倒《たお》された周囲の木々は、龍と人との壮絶な戦いの痕跡だろう。

しかし、その龍と向き合っている狩竜機《シャスール》は一機だけ。

剣聖でもないただの狩竜機乗り《シャスール・ジョッキー》が、軍の大部隊すら滅ぼす巨大な上位龍にたった一人で立ち向かい、あまつさえそれを討ち取ったのだ。

およそ信じられない異常な事態だ。

『これはほぼ相打ち……ですね。それでもたいしたものですが……』

地面に倒れた狩竜機《シャスール》に近づいて、アマリエが静かに呟《つぶや》いた。

たった一機で上位龍を倒した代償か、その狩竜機《シャスール》の機体はボロボロだ。特に操縦席のある腹部の損傷が酷《ひど》い。操縦者もかなりの深傷《ふかで》を負っているはずだ。

しかし、破壊された狩竜機《シャスール》の中に人の姿はない。

搭乗者は狩竜機《シャスール》を乗り捨てて、どこかへと消えた。おそらく生存者を捜しに行ったのだ。

「どういうつもりかな……私の上位龍を横取りするなんて……」

フォンが操縦席のハッチを開けて、自分の狩竜機《シャスール》から飛び降りた。

彼女の姿を見て、ルゥナは焦《あせ》る。フォンの横顔に浮かんでいたのは、殺意に満ちた凄《すさ》まじい笑みだ。このままでは上位龍を倒した英雄を、黒の剣聖が殺しかねない。

「ちょ、ちょっと待ってくださいよ、フォン！　相手は人間！　敵じゃないですから……！

ああ、もう！　アマリエ姉様、あとを頼みます！」

ルゥナは咄嗟《とっさ》にどうにかそれだけ言い残し、慌ててフォンを追いかけた。

アマリエの乗った支援型《キャスターがた》の狩竜機《シャスール》は、そんなルゥナたちに向かってのんびりと手を振り続けるのだった。

◇◇◇◇

「フォン、どこに行くんです⁉　フォン！」

狩竜機《シャスール》を飛び出したフォンの背中に向かって、ルゥナが叫んだ。

「あの狩竜機《シャスール》の乗り手《ジョッキー》を捜すんだよ。私の獲物を横取りするなんて許せないよ。どこの誰だか知らないけど、そんな真似《まね》をしたらどうなるか思い知らせてあげないと」

「ちょ、ちょっと、師匠……!? そういうときは嘘《うそ》でもいいから、負傷者を保護するとか言ってくださいよ！」

「師匠じゃない！　お姉様！」

何度も言わせるな、と叫びつつ、視界の悪い密林の中を、フォンが信じられない速度で駆け抜けていく。

ルゥナは彼女を必死に追いかけながら、隠しきれない焦《あせ》りに頬を歪《ゆが》めた。

「まずいですって、師匠。キハ・ゼンリが死んでから、けっこう時間が経《た》ってますよ。上位龍の縄張りを奪うために、ほかの魔獣たちが押し寄せてくるんじゃ……」

「そっちはあんたたちに任せるよ、ルゥナ」

「そんなの任されても困りますって！　キリがないじゃないですか！」

語尾はどうしたんだよ、と心の中でツッコミを入れながら、ルゥナは泣き言を口にする。

上位龍の棲息圏《なわばり》には、ほかの魔獣たちは近づけない。龍の視界に入った瞬間に、確実な死が待ち受けているからだ。

だが、その上位龍が不在になった今、周辺に棲《す》む魔獣たちは、ここぞとばかりにこの地に押し寄せてくるだろう。上位龍が住処《すみか》に選んでいたこの土地は、魔獣たちにとって間違いなく快適な環境なのだ。

「……って、言ってるそばから、もう……！」

ルゥナたちの位置からそう遠くない場所で大地が揺れ、魔獣たちの咆吼《ほうこう》が聞こえてきた。

恐れていたとおり、上位龍の不在に気づいた魔獣たちが、この密林に集まってきている。

彼らの目当ては、上位龍との戦いで力尽きた兵士たちだろう。新鮮な死体や、負傷して動けないわずかな生存者たちは、魔獣たちにとって恰好《かっこう》の餌なのだ。

無惨《むざん》に喰《く》い散《ち》らかされる兵士たちの骸《むくろ》を想像して、ルゥナは思わず顔をしかめた。

しかし、集まってきた魔獣たちの反応は、彼女の想像とは少し違っていた。

密林に響いたのは獲物にありついた歓喜の声ではなく、怒りの咆吼《ほうこう》と断末魔の絶叫だったのだ。

押し寄せてきた魔獣たちを、誰かが次々に撃退している。

それも狩竜機《シャスール》を使わず、生身のままで――

「ははっ……あはははははっ！」

「し、師匠⁉」

戦場となっている場所に向かって、フォンが駆け出した。

ルゥナも慌てて彼女を追う。

漂ってきたのは、濃密な血の臭いだ。

すでに十数体の魔獣が、深々と急所を斬り裂かれた状態で地面に倒れている。

その魔獣たちの死体の中心に、一人の煉騎士《れんきし》が立っていた。

まだ少年の面影を残した若い男性だ。

「皇国《アルギル》の兵士？　これを全部、彼が一人で倒したの？」

魔獣たちを次々に斬り伏せる若い煉騎士《れんきし》の姿を、ルゥナは呆然《ぼうぜん》と凝視した。

彼が戦っている相手は、雑龍と呼ばれる小型の地龍や飛竜《ワイバーン》たち。

小型といっても、その全長は優に四、五メートルを超える危険な種族である。狩竜機《シャスール》を失った青年は生身のまま、彼らを一方的に倒し続けている。

そんなことができる煉騎士《れんきし》が、フォン以外に存在することにルゥナは衝撃を受けた。

上位龍〝キハ・ゼンリ〟と相打ちになった狩竜機《シャスール》の乗り手《ジョッキー》は、間違いなく彼だと直感する。

もちろん青年は、無傷ではない。

むしろ、いつ倒れても不思議ではないほどの重傷だ。意識などほとんど残ってないだろう。

それでも戦いをやめない彼の背後にあるのは、重なり合うようにして倒れた二体の狩竜機《シャスール》だ。

「皇家の狩竜機《シャスール》……まさか、あの機体を守るために？」

壊れた狩竜機《シャスール》の中に閉じこめられた、もはや生存すら絶望的な皇女フィアールカ。

彼女の遺体を守るために、青年は命を賭《と》して戦いを続けているのだ。

そんな青年の戦いをしばらく無言で眺めていたフォンが、唇の端を吊《つ》り上《あ》げて獰猛《どうもう》に笑った。

「見ーつけた」

「ちょっと、師匠⁉　なにする気です⁉　相手は怪我人《けがにん》ですよ！」

黒い片刃剣を抜いたフォンに気づいて、ルゥナはギョッと目を剝《む》いた。

傷ついた青年の代わりに魔獣を倒すつもりなのかと期待したが、そうではなかった。

フォンが見つめているのは血塗《ちまみ》れの若い煉騎士《れんきし》だけだ。

上位龍という獲物を自分から奪った彼を、フォンは完全に敵と見なしている。

「師匠じゃなくて、お姉様だよ、ルゥナ。心配しなくても、死にかけの坊や相手に、なんもしやしないよ……ま、向こうから喧嘩《けんか》を売ってくるなら話は別だけどね」

「……フォン？」

フォンが、だらりと両手を下げた自然な姿で身構える。

その直後、目の前の魔獣を倒した青年が、殺気立った視線をルゥナたちに向けた。

半ば意識を失っている今の彼に、冷静な判断力は期待できない。あの傷だらけの青年を衝《つ》き動《うご》かしているのは、皇女の遺体を守るという妄執だけだ。

「まさか……彼、私たちのことを都市連合国軍《バダイングん》の生き残りだと思ってる……⁉」

ルゥナたちが着ているのは、身体《からだ》にぴったりと張りつくような自前の戦闘服。女性らしく美しいシルエットは、皇国軍《アルギルぐん》の軍服とは似ても似つかない。

この視界の悪い密林の中では、敵と誤認されても不思議はないだろう。

その事実にルゥナのこめかみを冷や汗が伝った。

「待って！　待ちなさい！　私たちはあなたの敵じゃない――！」

傷だらけの青年に向かってルゥナが呼びかける。

だが、ルゥナの声が届く前に、青年は攻撃態勢に入っていた。

腰だめに剣を構えたまま、大地を蹴りつけて疾走する。煉気《れんき》による身体強化は当然として、それだけでは説明がつかないほどの信じられない加速だ。

「爆縮歩《ブースト・ステップ》!?」

青年が使っている剣技に気づいて、ルゥナは愕然《がくぜん》と息を呑《の》む。

煉術《れんじゅつ》によって自らの足の裏に爆発を生み出し、その爆風を使った超加速。剣技と煉術《れんじゅつ》の複合技――初歩的な超級剣技《オーバーアーツ》の一種である。

意識朦朧《いしきもうろう》とした重傷者の技とは思えない高度な奇襲に、ルゥナの反応が一瞬遅れた。

回避も迎撃も間に合わず、このまま為《な》すすべもなく斬り裂かれることを覚悟したルゥナの前に、小柄な影が割って入る。

「死に損ないにしては、いい剣筋じゃないか！」

ルゥナを庇《かば》うように割りこんできたのは、フォンだった。

疾走の勢いを乗せた青年の斬撃を易々《やすやす》と音もなく受け流し、そしてフォンは自らの剣を青年に叩《たた》きつける。ルゥナですら完全にとらえることのできない、超高速の反撃《カウンター》だ。

「超級剣技《オーバーアーツ》⁉　って、なに考えてるんですか、フォン⁉」

若い煉騎士《れんきし》の死を予感して、ルゥナは表情を凍らせた。

フォンが放ったのは、相手の攻撃を受け流すところから始まる、途切れることのない十連撃。

黒の剣技の奥義《おうぎ》である四十八手の一つ――十王剣だ。

フォンの放つ剣圧が見えない巨大な刃物となって、青年の背後の木々をズタズタに引き裂いていく。それほどの強烈な剣撃が、攻撃を放った直後の、体勢の崩れた青年を襲った。

その確実な死の裁きから逃れられる者など、いるはずがない。

そう。存在しないはずだった。

だが――

「止めた⁉　嘘《うそ》……⁉」

フォンが放った剣撃を、傷だらけの青年が受け止める。

意識して防いだわけではないだろう。フォンの殺気に、彼の肉体が本能的な恐怖を覚えて反応しただけ。いったいなにが起きているのか、彼自身、わかっていないはずだ。

だがそれでも、彼が剣聖の攻撃を防いだことには変わりない。

しかしフォンの攻撃は終わらない。

続けざまに放たれる流水のように滑《なめ》らかな斬撃を、若い煉騎士《れんきし》がギリギリでさばいていく。

ゼロ距離で絡《から》み合《あ》うように切り結ぶ二人の剣士。それはまるで息の合った美しい舞踏を見ているようだった。

そしてフォンが十連撃すべてを放ち終えた瞬間、青年が予想外の動きに出た。

攻撃直後のフォンに向かって、逆にカウンターを仕掛けようとしたのだ。

もちろん剣聖とまで呼ばれるフォンが、安易な反撃の隙など与えるはずもない。連続攻撃を終えた瞬間から、彼女はすでに次の攻撃動作へと入っている。

剣聖によって組み立てられた、継ぎ目のない技の連携。そこに割りこむ余地などない。

唯一例外があるとすれば、それはフォン自身の技――すなわち黒の剣技だけである。

「十王剣!?　まさか……フォンの技を見よう見まねで……!?」

二人の攻撃の余波から身を守ることも忘れて、ルゥナは呆然《ぼうぜん》と呟《つぶや》いた。

フォンの連続攻撃を受けきった、傷だらけの青年が放った斬撃。

それはフォンが彼に対して放ったものと同じ技――十王剣の最初の一撃だった。

黒の剣技四十八手の中でもカウンター攻撃に特化した十王剣ならば、フォンの攻撃にも割りこめる。あの青年は無意識にそう判断して、フォンの技を再現しようとしたのだ。

だがそれは、傷ついた青年の肉体には重すぎる負担を強いていた。

全身から鮮血を撒《ま》き散《ち》らし、青年の身体《からだ》がぐらりと揺れる。

完全に意識をなくして倒れこむ彼を、フォンは無造作に抱き止めた。

フォンの口元に浮かんでいるのは、見たこともないような凄絶な微笑《ほほえ》みだ。

『フォン、アルギル軍の救助部隊が来ましたよ』

狩竜機《シャスール》に乗ったアマリエが、フォンに向かって呼びかけてくる。

東の空から近づいてくるのは、空搬機《カラドリウス》の編隊だ。

空搬機《カラドリウス》の翼に描かれているのは、皇国中央統合軍《セントラル》の紋章。

上位龍の脅威が消えたことを確認して、囮《おとり》になった部隊の救出に来たのだろう。

「そう。じゃあ、生存者の回収はそいつらに任せるよ」

フォンはあっさりとそう告げた。

〝黄昏《たそがれ》の楽園〟が受けた依頼は、上位龍の討伐だけだ。負傷した兵士の救助は、フォンたちの仕事ではない。たとえその兵士たちの中に、アルギルの皇族が含まれていたとしてもだ。

「師……いえ、お姉様。その男をどうするつもりですか？」

フォンが抱えている煉騎士《れんきし》の青年を見つめて、ルゥナが訊《き》いた。

生存者の回収は軍に任せるという言葉とは裏腹に、フォンは青年を手放そうとしない。彼女がそんなふうに誰かに執着するのはめずらしい。

獲物を横取りされた腹いせに、連れて帰っていたぶるつもりなのではないかと不安になる。

しかしフォンは意外にも、どこか優しげな表情で目を細めた。

彼女の頬に、真新しい小さな傷がある。わずかな出血すらない、薄皮一枚だけの浅い切り傷だ。

しかし青年が意識を失う直前に放った反撃は、たしかにフォンに届いていたのだ。

「うん、決めたよ。これはあたしの弟子にする」

「で、弟子⁉」

ルゥナは呆気《あっけ》にとられてフォンを見返した。

あれほどまでに頑《かたく》なに師匠と呼ばれるのを嫌がっていたフォンが、自ら青年を弟子と呼んだ。

つまり彼はフォンに認められた、ということなのだろう。

しかしルゥナは、不思議と彼を妬ましいとは思わなかった。

傷だらけの青年を担《かつ》いだフォンが楽しそうに——本当に楽しそうに笑っていたからだ。

「この坊やは、あたしの獲物を横取りしたんだよ。その代償は、身体《からだ》で払ってもらわにゃいとね」

「はあ……」

飛び抜けた実力を持っているせいで、これまでフォンがまともに戦える煉騎士《れんきし》はいなかった。

それこそ上位龍でもなければ、彼女の相手にはならなかったのだ。

そんな彼女がようやく手に入れた遊び道具《オモチャ》——それが、この青年だ。

おそらくフォンは自らの剣技を伝えることで、彼を鍛え上げるのだろう。

自分と本気の殺し合いができる相手を育てること。それが彼女の目的なのだ。

それを理解して、ルゥナはこっそりと溜息《ためいき》をつく。

そして眠り続ける青年を待ち受ける未来を想像して、心から同情するのだった。

あとがき

お久しぶりです。そんなわけで『ソード・オブ・スタリオン』第二巻をお届けしております。

本作はもともと書籍化するアテがあったわけでもなくこっそり趣味で書いていた作品だったので、こうして無事に二冊目を発売することができたのは、いまだに不思議な気持ちです。お手にとってくださった皆様、真《まこと》にありがとうございます。楽しんでいただけたら幸いです。


さてこの『ソード・オブ・スタリオン』、第一巻では主人公であるラスとフィアールカの物語が中心でした。そして第二巻はラスとティシナ、さらにフィアールカとティシナの物語になっているのではないかと思います。舞台もアルギル皇国を離れてシャルギア王国に。ラブコメ成分も少し薄れて、国家間の争いの様子が表に出てきました。

実は今回のティシナ王女暗殺事件は、『ソード・オブ・スタリオン』という物語の中では、ほんの序盤のプロローグ的なエピソードに過ぎません。本編となるのはこのあと、ティシナが皇国に嫁いでからになります。そのころになると同盟国に対する帝国の本格的な侵攻が始まり、大陸は否応《いやおう》なく戦火に巻きこまれることになるでしょう。同時にラスを巡るフィアールカとティシナの争いも熾烈《しれつ》さを増すと思われます。さらにはフォンを筆頭にした四剣聖の目的や、南大陸の動向も伝わってくるでしょう。場合によっては他国の情勢が先に描かれることになるかもしれません。

どのエピソードからお届けすることになるのかわかりませんが、幸いにしてこの『ソード・オブ・スタリオン』はあまり順番を気にせずに済むネット発の作品です。これからも引き続き、ぼちぼち更新を続けていきたいと思います。お付き合いいただけたら幸いです。


そして本巻と同じタイミングで、私のもうひとつのシリーズである『ストライク・ザ・ブラッド』の短編集新刊が発売されることになっています。こちらは完全新作の中編など、未発表の書き下ろしもたっぷり収録。『ソード・オブ・スタリオン』で私のことを知ったという方も、この機会にぜひチェックしていただけたら嬉《うれ》しいです。

さらに本作のイラストも手がけてくださっているマニャ子さんの画集第二弾『マニャ子画集2　ストライク・ザ・ブラッド』も発売になるとのこと。よろしければこちらもぜひ手に取っていただければと思います。

また、この本が出るころには私が原作を担当しているコミカライズ版『虚《うつ》ろなるレガリア』第二巻も発売中になっているはずです。こちらもどうぞよろしくお願いいたします。


それでは最後になりますが、本作のイラストを手がけてくださったマニャ子さん、ご自身の画集も含めた三冊同時刊行ということで、大変なスケジュールだったのではないかと思います。そんな過酷な状況の中、今回も素晴らしいイラストを描いていただき本当にありがとうございました。

それから本書の制作、流通に関わってくださった皆様にも、心からお礼を申し上げます。

もちろん、この本を読んでくださった皆様にも精一杯の感謝を。

それではどうかまたお目にかかれますように。

三雲《みくも》岳斗《がくと》

◉三雲岳斗著作リスト

「コールド・ゲヘナ①〜④」（電撃文庫）
「コールド・ゲヘナ　あんぷらぐど」（同）
「レベリオン1〜5」（同）
「i．d．Ⅰ〜Ⅲ」（同）
「道士さまといっしょ」（同）
「道士さまにおねがい」（同）
「アスラクライン①〜⑭」（同）
「ストライク・ザ・ブラッド1〜22　APPEND1〜4」（同）
「サイハテの聖衣《シュラウド》1〜2」（同）
「虚ろなるレガリア　1〜5」（同）
「ソード・オブ・スタリオン
種馬と呼ばれた最強騎士、隣国の王女を寝取れと命じられる」（同）
「ソード・オブ・スタリオン2
種馬と呼ばれた最強騎士、隣国の王女を寝取れと命じられる」（同）
「M．G．H　楽園の鏡像」（単行本　徳間書店刊）

「聖遺の天使」（単行本　双葉社刊）
「カーマロカ」（同）
「幻視ロマネスク」（同）
「煉獄の鬼王」（双葉文庫）
「海底密室」（デュアル文庫）
「ワイヤレスハート・チャイルド」（同）
「アース・リバース」（スニーカー文庫）
「ランブルフィッシュ①〜⑩」（同）
「ランブルフィッシュ　あんぷらぐど」（同）
「ダンタリアンの書架1〜8」（同）
「旧宮殿にて」（単行本　光文社刊）
「少女ノイズ」（同）
「少女ノイズ」（光文社文庫）
「絶対可憐チルドレン・THE NOVELS」（ガガガ文庫）
「幻獣坐1〜2」（講談社ノベルズ）
「忘られのリメメント」（単行本　早川書房刊）
「アヤカシ・ヴァリエイション」（LINE文庫）
「RE：BEL ROBOTICA ―レベルロボチカ―」（新潮文庫NEX）

本書に対するご意見、ご感想をお寄せください。

ファンレターあて先
〒102-8177　東京都千代田区富士見2-13-3
電撃文庫編集部
「三雲岳斗先生」係
「マニャ子先生」係

本書はカクヨムに掲載されている『ソード・オブ・スタリオン　種馬と呼ばれた最強騎士、隣国の王女を寝取れと命じられる』を加筆、修正したものです。